堕天使陛下の仰せのままに
え?俺が黙示録戦争を終わらせるんですか?

西 条陽

JN259891

MF文庫J

口絵・本文イラスト●らう

■プロローグ

深夜、オフィスビルの廊下を全力で走っていた。

背後から、サラリーマンとオフィスレディの集団が無言で追いかけてくる。彼らの顔には表情と呼べる表情がなく、人間味がない。シンプルにいうと、恐《こわ》い。

「なんか、ヤバいんですけど!!」

耳につけたイヤホンマイクに向かっていう。思わず声が大きくなる。

「きいてます？　エリさん!?」

『エリではない』

イヤホンから、女の人のきれいな声。

『陛下と呼べ、陛下と』

そんなやりとりをしていると、スカートをはいた女の人が陸上部みたいな走り方で、しかも床と平行になりながら壁を走って俺の前にまわりこんでくる。

なにそれ！　って思いながら俺もがんばって走るんだけど、その女が壁を蹴って、俺に飛びかかってくる。

そのままもつれあって床を転がる。

びっくりしたのは、そのあとだった。女の人の顔が間近にある。そして、俺をとらえるその目が、白目まで真っ黒だったのだ。

俺は、「ぎゃ～!!」って悲鳴をあげて、女の人をふりほどいて、また走りだす。

「陛下、目が真っ黒です、目が真っ黒！　白目まで真っ黒！」

『目が白目まで真っ黒だったら――』

陛下がゆっくりした調子でいう。

『恐《こわ》いだろ。うん、すごく恐い』

「そうです！　俺は今、そういう話をしてるんです!!」

陛下はビルの外、クリスマスツリーのある広場にいて、通話で俺に指示をだしている。だから、めちゃくちゃテンションにギャップがある。

『まあ落ち着け。今夜は星がきれいだぞ』

「のん気なこといってる場合じゃないんですよ！」

俺はそれどころじゃない。

「なんなんですか、これ。いつものほんわかした依頼じゃなかったんですか!?」

俺と陛下は普段、山手線《やまのてせん》の少し外側に位置する街で、便利屋みたいなことをやっている。掲げている看板は『英国屋《えいこくや》』。

陛下は英国屋を、颯爽《さっそう》と人助けをするスタイリッシュな事件解決屋にしたいみたいだけど、地元の人たちは英国屋のことを、きれいなお嬢さんが道楽でやっている、かわいらしいお手伝い屋さんだと思っている。だから、やってくる依頼はどれもローカルでピヨピヨなものばかり。

猫が逃げだしたとか、果物屋の店番をしてほしいとか。草野球の人数が足りないといわれ、朝早くユニフォーム姿で河川敷に集合したりもする。

失恋した女の子の愚痴をきく依頼は大変だった。陛下は窓の外を眺めながらずっとポテトをかじっていた。俺はファミレスで一晩中、眠気をこらえながら相づちを打ちつづけた。

絵になってないかといえば、これはこれでありだった。

美人なお姉さんの陛下と、ちょっと抜けてる高校生の俺。

ポップでキャッチーなふたりの日常。

陛下のイメージすることではないかもしれないけど、俺はけっこう好きだった。

だからこんな感じでやっていくぞ、うお～、って思ってたんだけど、今は――。

「なんか、薄気味悪い人たちに追いかけられてるんですけど！」

今回の依頼はキーホルダーだった。

依頼人は高校一年生の女の子で、電車に乗っていたらサラリーマン風の男にカバンにつけていたキーホルダーをとられてしまったらしい。

女の子は男が首からぶらさげていたストラップに勤務先の名称が入っているのをしっか

りみていた。男が勤務する場所は、都心のオフィスビルだった。

そして幸運なことに、そのオフィスビルで清掃員として働くおばちゃんと、俺たちは茶飲み友だちだった。俺たちは普段のピヨピヨな依頼をこなすうちに、いろんな人と知り合いになっている（陛下はそれを国民ネットワークと呼んでいる）。

おばちゃんはさっそくオフィスを掃除しているときに、ちらちらとのぞきみをして、キーホルダーがその男のデスクの引きだしに入っていることを確認して教えてくれた。

俺たちはさっそく電車に十五分ほど乗って、都心へと向かった。

目的のビルは地上四十八階建てで、一般人が出入り自由の展望ルームもあった。そしてキーホルダーがあるのは四十階らしかった。

俺は陛下の手足として、夕方になると展望ルームにいって身を隠し、夜を待った。閉館になり、万全を期して深夜〇時をまわったところで動きだした。消灯し、静まり返った展望ルームから非常階段でフロアをくだり、暗いオフィスに入っていく。

机の引き出しを開けて、キーホルダーを持って帰るだけのはずだった。

いつもならそれでめでたしめでたし。陛下、なんか美味《おい》しい物でもおごってくださいよ、ってなるんだけど、でも今回は――。

「死んでたんです！」

『誰がだ？』

「男です、男！」

キーホルダーを女子高生から奪ったらしき男が机に突っ伏していた。

真っ暗なオフィスにその状態でいる時点でイヤな予感はしてたんだけど、不審に思って肩をゆすってみたら、案の定、椅子から崩れ落ちた。

仰向《あおむ》けになった男の両目は真っ暗な空洞になっていて、さらに焦げた匂いを漂わせながら煙をあげていた。

うわぁぁぁぁって思ったんだけど、すぐに周囲の異変に気がついた。

オフィスは消灯されて、真っ暗になっている。それなのに——。

全ての席に、人が座っていたのだ。スーツを着た男の人が、オフィスカジュアルの女の人が、まるでマネキンみたいに、無言で、姿勢よく座っている。

それってめちゃくちゃ異常な光景だ。普通に怖い。

「キ、キーホルダーだけもらっていきますね～」

小声でいって、キーホルダーに手をふれようとした瞬間だった。

座っていたサラリーマンたちがいっせいに首をねじって俺をみた。光の加減なんかじゃなく、みんな、目が真っ黒だった。そしてそいつらが俺に襲いかかってきた。

たまらず廊下に飛びだして、走って逃げている。

それが俺の現状。

「陛下、こいつらなんなんですか！」

『ふむ』

陛下は考えるような間をとってからいう。

『よくわからない』

なんて会話をしていると、腹に響くような轟音《ごうおん》がして、その瞬間、視界のなかにあったガラスのパーテーションが粉々になる。

後ろをみれば、サラリーマンのなかに、制服の警察官がひとり混じっている。

そしてその警察官は例の真っ黒な目で俺をみながら、銃口をこちらに向けていた。

真っすぐ走っていたら、的になってしまう。

俺は直感的に木製の扉に体当たりしていた。ドアを壊して部屋のなかに入った瞬間、廊下にまた銃声が響き渡る。

俺は部屋の奥に入っていって、デスクの下に隠れる。

ほどなくして、サラリーマンの集団が部屋に入ってきた。彼らは痛みを感じないのか、さっき割れたガラスの破片を素手で握りしめている。そしてデスクの上の物をひっくり返しながら、俺を探しはじめた。

『大騒ぎだな』

「こっちはたまったもんじゃありませんよ」

『私は大雨の日に家のなかから窓の外を眺めてテンションあげるタイプの陛下だ』

「でしょうねえ！」

外にいて余裕な陛下。俺はこの場をどうやって切り抜けようか考える。

そのとき、一瞬、フロア全体が静かになる。

助かった？

そう思って、様子をうかがおうと、おそるおそる顔をだしたときだった。

俺が顔をだすのを待っていた警察官が、また銃をぶっ放してくる。急いで顔をひっこめると、割れたディスプレイの破片が頭にふってきた。

俺の位置に気づいたサラリーマンとオフィスレディたちがぞろぞろとこっちにまわりこんでくる。

「陛下、どうしましょ～！」

『まあ、まずは話し合いだろうな』

「そんな悠長な～」

『紳士たるもの話し合って解決するべきだ』

「俺、ただの高校生！　アルバイト！」

それに、と俺はイヤホンに向かってつづける。

「話し合いなんて無理ですよ。ガラス手づかみにして襲ってくる連中ですよ!?」

『そうなのか――』

陛下の口調が急に冷めた感じになる。

『そいつらは話し合いもなしに、いきなり襲ってきたのか』

「はい、銃まで撃ってきました！　わるいやつらです！」

『それは――マナーがなってないな』

あ。

スイッチ入っちゃった、と思う。

通話越しにも、陛下が表情を変えたのがわかった。

『私はお前とちがって映画に真実があるとは思ってないが、以前、お前と一緒に観《み》た映画で、なるほどそのとおりだと思ったセリフがある』

俺は陛下が思い浮かべているセリフに心当たりがある。それは、オックスフォード大学寮のモットーにもなっているイギリスの格言だ。

陛下はそれを口にする。

『礼節が人を作る』

つまり、陛下はいっているのだ。

いきなり襲いかかってくるようなやつらは気に入らない。だから――。

『お前が彼らにマナーを教えてやれ』

「そうなりますよね～!!」

警官がまた銃を撃ってくる。俺は銃声のなか、イヤホンマイクに向かっていう。

「でもそれって、俺が戦ってやっつけるってことですよね？」

『うん』

「いきなりかわいくうなずくじゃないですかぁ……」

あのぉ、と俺はつづける。

「恐《こわ》いからイヤだっていったら許してくれます？」

『………』

沈黙。

ダメだ。陛下、やる気だ。

俺はなにもごっこ遊びで陛下のことを『陛下』と呼んでるわけじゃない。

陛下には本当に陛下って呼びたくなるような、普通じゃないところがある。顔がめちゃくちゃきれいとか、服がいつも貴族っぽいとか以外に、もっと常識では考えられないような不思議な力を持っている。それを使われたらたまらない。

　俺は、目が真っ黒のホラーなやつらと戦いたくなんかない。だから――。

「あ、陛下、なんか大丈夫になりました。相手もめっちゃ行儀よくなりました。ひとりで逃げれます」

とかなんとかテキトーなことをいってみる。でも、しっかり銃声はつづいているし、ガラスを握りしめたサラリーマンはこっちをみて口の端を吊《つ》りあげて笑うし、そもそも陛下は俺のいうことなんてきかないから、いってしまう。

『戦いなさい』

とびきり威厳のある声で。

『女王陛下の名の下に』

その瞬間だった。

俺は雷にうたれたみたいにバチッときて、意識と視界がクリアになって、部長っぽい顔のやつがデスクの列の横にまわりこんで、こっちに向かってくるのがはっきりとみえる。

同時に、俺の体は、俺自身の意思とは関係なく、勝手に動いていた。

すぐそこにあったキャスター付きの椅子を蹴っ飛ばす。相手にガツンとぶつかったところで、その隙に俺の体は椅子に足をかけて飛び越える。

「た、助けて～！」

俺は叫びながら、そいつに膝蹴りをかましている。

次の瞬間には、ツーブロックのイケメン若手社員みたいなやつが、握りしめたガラスの破片を振り下ろしてきて、俺は床に転がってそれをかわし、ブレイクダンスみたいに足をくるっとまわして、相手を足払いしてころばせながら立ちあがる。

そこからも次々に黒い目をしたやつらが襲ってくる。

椅子を頭の上に持ちあげ、叩《たた》きつけてくるオフィスレディ。俺は同じく襲い掛かってくる太ったサラリーマンの背後にまわりこみ、羽交い締めにしながらそいつを前に突きだす。

オフィスレディの叩きつけた椅子が、そいつの顔面に直撃する。

相手は同士討ちの格好。

「ぎゃ～っ!!」

でも悲鳴をあげるのはその状況をつくりだした俺。

マジで意味不明。

なんだけど、俺の体は陛下の命令で勝手に動いてるだけで、意識はこわくてこわくて仕方がない。わめく俺。それでも動きつづける体。

羽交い締めにしていたやつを突き放して、同時に襲ってきたふたりの頭と頭をぶつけて気絶させる。

警官が銃を撃ってくるけど、俺の体は恐れずに向かっていく。デスクを飛び越え、ひょいひょいと銃弾をかわしながら警官に近づき、銃をつかんでひねりあげ、とりあげる。

そして、その銃をすごい速さで分解してしまう。

バラバラになったパーツが床に落ちる。

相手がびっくりした顔をする。もちろん俺もびっくりしてる。

びっくりしながら、そいつの顔にパンチをくらわせて、後ろにひっくり返らせる。

「陛下！」

『どうした』

「すげえ恐《こわ》いやつらと戦ってるのに！」

『戦ってるのに？』

「なんだかコミカルです！」

『それは私のせいじゃないな』

陛下の命令の強制力はあくまで戦わせるまでで、身体能力が向上するにしても、動きのイメージは俺の想像力に依存しているらしい。つまり――。

『映画の観《み》すぎだ』

「くそ～、香港《ホンコン》映画ばっか観てたからか～!!」

『私は紳士的な戦いかたが好みだ』

そこからは大立ち回りだった。オフィス機器のケーブルの束で相手の首をキュッと絞めて落としたり、コピー機に相手の顔を挟んで印刷したりといった感じだ。

気づけば立っているのは俺だけになっていた。

五十人くらいいた集団はみんな床に倒れている。

オフィスのなかはめちゃくちゃだった。配線がむきだしになった蛍光灯が天井からぶら下がってるし、デスクの上のものはだいたい粉々だ。

え、これどうすんの、って思ったそのときだった。

スマホが不快な音を立てる。警報音。あれだ、ミサイルが日本の上空を通過するときにいつも鳴るやつ。ふと、窓の外に目をやる。

女王陛下の名の下に、俺の視力はよくなっている。

高層階からみえる都会の夜空、ずっと向こうがきらりと光る。

スマホの画面をみれば、着弾予想地点は都内らしい。

そんなの、絶対ここじゃん。

どこから飛んできてんの、なにが起きてんの、ってか、女子高生のキーホルダー探してるだけなんですけど！　って感じだけど状況は待ってくれない。

「あわわわわわわ」

『落ち着け』

「でも、ここ四十五階だし、今から下まで降りて逃げられるか――」

『風の音がきこえる』

たしかに警官のさっきの銃撃で、ガラス張りだった窓はバッキバキに割れて外の空気が入ってきている。

そっちに近づいて、ぎりぎりのところに立ってみる。

風通しのいい職場、なんてもんじゃない。下をのぞいてみれば足がすくむ。地面が遠い。

光沢のあるビルの壁面が夜の光を映している。

『とべるだろ』

「あの、陛下、もしかして遊んでます?」

『もう時間がないぞ』

そのとおりで、なんか甲高い音が大気を震わせているし、心なしか遠くの空にみえる光が大きくなっている。

いや、たしかに命令中はなんか体ちょっと強くなるけど。でも、ビルから飛び降りるのはちがうくない? なんて思うけど——。

『とびなさい』

陛下の声。

『女王陛下の名の下に』

「それやめてくださいよ~」

俺の体はいったんフロアの奥に引っ込む。助かった、はずもなく、スピードスケートの選手がスタートしようとする感じの体勢になる。

「助走とかいらないって〜」

と思うけど俺の体はがぜんやる気になって走りだす。まるで陸上短距離選手、背筋を伸ばして腕をふり、ももをあげて走って勢いつけて、ぴょーんとビルから跳躍する。

「わあぁぁぁぁぁ！」

叫びながら空中でじたばたしていると、横目にすごい音を立ててミサイルがビルに突っ込んでいく。

轟音《ごうおん》、すぐに背後から爆風。

夜空に放りだされる俺。熱波で背中が熱い。

思ったより滞空時間長いな〜、なんて考えているうちに、目の前にクリスマスツリーが迫ってくる。わかりました、これにつかまって、ヤシの木みたいにびよ〜んとしなって助かるんですね、なんて思うんだけど、そんなわけなくて、普通にクリスマスツリーをバッキバキに折りながら突っ込んで、そのまま俺も落ちて、ちょっとは衝撃が吸収されたんだろうけど、地面をごろごろと転がる。

そこはちょうど、陛下の待っている場所だった。

俺は陛下の足元にはいつくばりながら、その顔をみあげる。

金色の髪に青い瞳、冷たそうな白い頰《ほお》。きっと世界で一番絵の上手《うま》い画家に、誰もが美人だと思う女の人を描いてくださいって依頼したら、陛下の顔ができあがるんだろう。

でも陛下はそんな自分の美しさには興味のない顔で、手に持ったハンバーガーをかじっている。

「陛下、お腹《なか》減ってたんですか？」

「ちょっとだけな」

「俺も、なんだかお腹が減りました」

「そうか」

陛下は少し考えるような顔をしたのち、紙に包まれたかじりかけのハンバーガーをしゃがんで俺に差しだしてくる。俺ははいつくばったまま、それをかじる。

「あの、コーラもほしいんですけど」

「キーホルダーはあったのか？」

「いや、それどころじゃなかったんですよ、ホントに」

なんだかどっと疲れがでてしまう。

でも、そんなことより――。

「陛下、刺さってますよ」

爆発でとんできたのだろう。大きなガラス片が陛下の首を右から左に貫いていた。

でも、陛下はこともなげに、「ああ」とうなずき、自分の胸元をみる。

「シャツが汚れてしまった」

「それ、ケチャップじゃないですよね」

流れた血が、白いドレスシャツを赤く染めている。

「お気に入りだったのに……」

陛下は少し残念そうだ。でもすぐに、いつもの感じにもどっていう。

「明日、朝一番でテーラーにいって新しいのをとってきなさい」

俺はもう十六歳で、いろんなことがわかりはじめてる。多分、自由気ままに、思うがままに生きていくことなんてできない。

誰もが、誰かのいうことをきいて、謙虚に生きていく。親や先生、大人になったら、きっと上司とか、そういう人たち。

でも、どうせいうことをきくなら、美人で、胸がでかくて、ハンバーガーをかじって、なんかすごくいい香りのする上品な女がいい。

ということで、犬みたいに殊勝な態度でいう。

「女王陛下の仰せのままに《イエス、ユアマジェスティ》」

仰せのままに
ILLUST. らう

堕天使陛下の
西条陽

■第一章　英国屋《えいこくや》

俺の名前は斑目真一《まだらめしんいち》、十六歳の高校生。

学校は長期自主休校中。きっかけは親父《おやじ》。

俺は子供の頃からスーツをビシッと着こなす親父をかっこいいと思ってて、漠然と将来はまあ、あんな感じになれればいいな、くらいにふわっと考えてた。

でもある日、街中で親父が頭をぺこぺこ下げているのをみてしまった。取引先に怒られて謝罪してたらしい。

「かっこわるいとこみせちまったな」

俺に気づいてた親父は、その晩、家に帰ったところで声をかけてきた。

「真一、お前は自由に生きろよ」

親父はなにげなくいったんだと思う。

でも俺は頭がシンプルだから、それを男の約束みたいに受け取って、さっそく次の日から学校を休みはじめる。

俺はちょっとボケっとしたところがあって、これまで将来の目標とか一日のルーティンとかタイパとかコスパとか考えたことがなくて、ハンバーガーおいし〜、ゲーム楽し〜、みたいなテンションだけで生きてきた。

でも、考えなしに生きてたら、なんとなく大学いって、みんながそうしてるからって就職して、サラリーマンになってしまう。

自由に生きるためには、場合によってはそういうレールから外れる可能性も考えなくちゃいけないんじゃないの？　そう思って学校を休んでみたんだけど、じゃあなにをしたらいいのかといわれたらよくわからない。

時間だけはいっぱいあって、映画が好きだったから、とりあえず俺は単館系の映画館に毎日通ってみる。

でもそんなことしてるとすぐにお金は尽きる。それでこの生活をもう少しつづけるためにバイトでもしようかなって思ったところで俺は気づく。

好きなことして自由に生きてくためにはお金が必要だ。

そしてお金を稼ぐためには働かなきゃいけない。

つまり、俺は自由に生きようとして、そのためにはお金が必要で、お金を稼ぐためにはバイトをやらなくちゃいけない。バイトしてお金をためたら、また自由に生きられるかもしれないけど、お金が尽きたらやっぱり働かなくちゃいけない。

「悪の無限ループ、完成しちゃってるじゃん……」

俺はそんな世界の真理にたどりついてしまった。

「ライト兄弟が電球を発明したときもこんな気持ちだったのかな……」

映画館の前で、からになった財布を握りしめ、捨て犬みたいな気持ちで途方にくれていたら、人形のような顔立ちの女の人に声をかけられた。

「ライト兄弟が発明したのは飛行機だぞ」

それが陛下だった。

「電球はエジソンだ」

それが俺と陛下のファーストコンタクト。そこから陛下に誘われて、陛下がやってる便利屋、『英国屋《えいこくや》』でアルバイトするようになった。

英国屋があるのは夜見坂町《よみさかちょう》。

東京《とうきょう》都内、山手線《やまのてせん》の少し外側に位置する街だ。レンガ造りの博物館が街のシンボルで、歴史の香りがする。そしてカフェとレストランがたくさんあって、美大生や外国人が多い。陛下は物語からそのままでてきたようなゴシック調の格好をしてるけど、異国情緒あふれる夜見坂町だとそれがけっこう似合っていた。

陛下は地元の人たちからけっこう愛されていて、エリちゃんと呼ばれている。いつも澄ました顔をしてるんだけど、猫が歩いているとどこまでもついていったり、商店街のくじ引きに外れるとめちゃくちゃ悔しがったりするお茶目《ちゃめ》なところがあるのだ。

でも、陛下にはとんでもない野望があった。

「私はかつて七つの海を支配した国の女王だった」

陛下は商店街にある珈琲《コーヒー》店の二階を間借りして英国屋をやっている。そのアンティーク調の家具がいっぱい置かれた小さな部屋で、陛下はソファーに腰かけながらいった。

「訳あって力と地位を失っているが、またここから国をつくるつもりだ」

「ここから？」

俺が部屋をみまわすと、うむ、と陛下は真顔でうなずいた。

「間借りしてる部屋しかないですけど」

「夜見坂町はもう私の領土だ」

「日本政府にとって超迷惑な存在じゃないですかぁ……」

陛下は英国屋にくる依頼の報酬を、少しの金銭と、陛下の国民になることを条件にしている。だから依頼をこなすたびに、着実に国民が増えていると胸をはる。でも依頼した人たちは陛下のいってることを全然本気にしてなくて、国民になるというのも、お友だちになるくらいのことだと思っている。

でも、俺は知っている。

陛下は『女王陛下の名の下に』というフレーズを使って強制的に、他人にいうことをきかせることができるし、首にガラスが刺さっても死なない超不思議存在だ。

不老不死だったら、本当に歴史上のどこかで女王陛下をやっていたかもしれない。

部屋にある銀の食器も、机の上にある燭台《しょくだい》も、全部レトロで高級そうなものばかりだ。

俺はそんな陛下の正体を知りたくて、陛下の下で働いている――。

なんてことはない。

ただ普通に、陛下が美人だから一緒にいる。

◇

朝早く、俺は夜見坂町《よみさかちょう》通りにある商店街にやってくる。

冬の寒い空気のなか、小走りでテーラーに立ち寄り、陛下お気に入りのシャツを受けとって、個人経営のコーヒーショップ、木下珈琲《きのしたコーヒー》店に入っていく。

店内では開店の準備が始まっていて、コーヒーの香ばしい匂いがした。俺は店長に挨拶をしてから、二階にあがっていく。

英国屋《えいこくや》として依頼を受ける執務室兼リビングを通りすぎ、その奥にある陛下の私室の扉をノックする。

「陛下、朝ですよ。起きてください」

返事はない。この程度で陛下は起きないのだ。だからいつものごとく、部屋のなかに入っていき、ベッドカバー越しに陛下の体をゆすった。

すると陛下は、「うむ」といって、半開きの目でベッドからでてくる。

俺はちょっと目をそむけながら陛下の足下にスリッパをぽんぽんと投げる。なぜ目をそむけるかというと、陛下は下着姿で眠るからだ。

陛下の下着はいつも超大人っぽい。色は赤とか黒が多くて、生地はレースだったり、つるつるした光沢のあるサテン地だったりする。陛下の白い肌をきわだたせる派手な下着を横目でみるたびに思う。

陛下、いつも冷静な顔してるけど、夜はえっちな可能性あり……。

えっちな可能性あり！

なんてことを考えつつ、陛下に服を着せていく。ドレスシャツの胸元のボタンを留めるときはドキドキするけど、ヴェルヴェットのジャケットを着せてリボンタイをするころには、着せ替え人形を美しく着飾っている気分だ。

それから俺は陛下の髪を櫛《くし》でとかす。

いつもの陛下のビジュアルが完成したところで、俺は台所で朝食をつくる。トースターにパンを入れて、コーヒーを淹《い》れて、フライパンで目玉焼きとベーコンを焼いた。できた朝食をトレーに載せて、陛下お気に入りの木製の丸いテーブルの上に置き、俺も一緒に食べる。こうして英国屋の一日は始まる。

そのあとは執務室兼リビングで依頼がくるのを待つ。

こういうとき、だいたい陛下はスマホゲームをしている。陛下は服装も言動もトラディショナルだけど、ポップカルチャーがかなり好きなのだ。

俺は陛下がゲームをしている横で、同じソファーに座り、マンガを読む。

しばらくすると、陛下が「口が寂しい」というので、俺はマンガを読みながら、ポッキーの袋をあけて、一本、陛下の口っぽいところへ突きだしていく。

「おい。そこ、ほっぺだぞ」

俺はマンガが面白すぎて目が離せない。だからテキトーにポッキーを動かす。

「不敬だからな、そういうの。とっても不敬だからな！」

結局、依頼が一件もくることがないまま昼になり、スマホゲームに飽きた陛下が立ちあがっていう。

「巡幸にいく」

陛下は本気で夜見坂町《よみさかちょう》を自分の領土だと思っているので、おでかけすることについて、やんごとなき身分の人が街をみてまわることを意味する、『巡幸』という表現を使う。

俺は立ちあがった陛下の肩にコートをかける。陛下が手をだすので、白い手袋をその手にはめる。さらにひざまずいて靴も履かせる。チョコレートでべたべたになったほっぺもしっかり拭いてあげた。

外にでて通りを歩くと、道ゆく人たちはみな陛下をみる。陛下は本当にモデルとか女優みたいで、とにかく人目を惹《ひ》く。そんな陛下のとなりを歩くのはちょっと誇らしい。なんて、思っているときだった。

「おい、なんだあれは」

陛下が驚いたようにいう。その視線の先には女の子がいた。

「なぜ王冠をしてる⁉」

女の子は頭に金色の王冠を載せていた。

「あの子はコスプレをしてるんです。そういうキャラなんです」

「ダメだろ。私は国民の文化を尊重するが、王冠はさすがにダメだろ」

さらに陛下は目を細めて女の子をみる。

「なんか、頭《ず》も高い気がしてきた」

「変なところで絶対君主感だしてこないでくださいよ～」

俺は陛下の背中を後ろからおしてさっさと歩かせた。

そして昼ご飯を食べるため、商店街にある中華料理屋に入った。客は全然おらず、中央がくるくる回る大きな中華テーブルに陛下とふたりで座る。

「エリさん、いらっしゃい」

チャイナ服を着た店員のお姉さんがメニューを持ってやってくる。

「陛下と呼べ、陛下と」

お昼の定食セットを頼むと、店員のお姉さんは、「イエス、ユアマジェスティ」と笑いながら厨房《ちゅうぼう》へと引っこんでいった。

ほどなくして四川《しせん》料理が運ばれてきて、俺たちは行儀よく食べはじめる。

「そういえば、ワイドショーは全部あれでしたね」

俺は朝、テレビで報道されていたことを思いだしていう。

「SNSもこの話題で持ちきりですよ。テロだとか、他国の侵略だとか」

俺は食べながらスマホの画面をスクロールしていく。

「へえ～宇宙人の仕業かもしれないんだ。たしかにそういわれると、なんかそんな気がしてきますね」

それは昨夜、陛下の指示で潜入し、俺が巻き込まれた事件でもある。

「陛下はどう思います?」

そして、俺はその事件の名前をいった。

「東京《とうきょう》都庁爆破事件」

◇

東京都庁爆破事件。

火の玉ストレートなネーミング。

そうなのだ。

昨日の夜、俺が飛び降りて、ミサイルが撃ち込まれたのは東京都庁だったのだ。あのあと、都庁ビルは背骨を失ったようにきれいに崩壊した。俺と陛下はハンバーガーを食べながらそれをボケッと眺めていた。まるでナンセンスな映画のエンディングみたいだった。

今は瓦礫《がれき》の山となって、辺り一帯が封鎖されている。

「あれ、マジでヤバかったですよね。なんか普通じゃないっていうか」

俺は、香港《ホンコン》映画みたいなカンフーアクションで薄気味悪い連中と徒手空拳で戦った。まるで夢のなかの出来事のように感じる。でもこうやってニュースで都庁崩壊の様子が報道されているのをみると、あれはやっぱり現実のことだったのだ。

「しかもニュースだと死者がゼロなんですよ。俺がビルから飛び降りたとき、職員っぽい人たち、いっぱい残ってたんですよね。これってやっぱ陰謀じゃないですか？　情報統制ってやつじゃないですか～？」

なんていいながら、俺は世間の人たちとはちがう可能性を考える。

「でも、ホントに誰も死ななかったのかもしれませんよね」

俺はそういって、陛下をみる。

「死なない人、実際いますし」

ずっと陛下にきいてみたかったこと。

「陛下以外にも、死なない人っていっぱいいるんじゃないですか？」

俺は陛下と一緒にいるのが楽しいから知らなくても別にいいっちゃいいし、本人がいいたくないんだったらそれでもいいんだけど、でも、やっぱりちょっと興味はあるから、ふわっとしたテンションできいてみる。

「陛下って一体なにものなんですか？」

それに対する陛下のこたえは——。

「斑目《まだらめ》、行儀がわるいぞ」

というものだった。

「あ、すいません」

俺はそういって、いじっていたスマホをポケットにしまう。でも、そっちじゃない、というように陛下は首を横にふった。

たしかに陛下は食事中のスマホにはなにもいわない。陛下自身、食べながら行儀のわるいことをやりがちだからだ。英国屋《えいこくや》で大好きなヤクザ映画を観《み》ながら食事をしているときは、夢中になりすぎて、だいたい口からスープをこぼしている。俺は横からそれを拭く。

つまり、陛下は尊大だけど、自分ができないことは〝あまり〟他人には押しつけないフエアな陛下なのだ。

じゃあ今、陛下がなにに対して行儀がわるいといっているかというと——。

「食べ残しはよくないぞ」

俺の定食の皿には大量の唐辛子が残っていた。でも——。

「陛下、この唐辛子は肉に風味をつけるためのものですから食べなくてもいいんです」

「だされたものは残さず食べるのがマナーだろう」

「え？　なにもきこえてない？」

陛下の耳は自分がききたくないものはきこえない便利な耳だった。

「ていうか四川《しせん》料理のお作法教えてくれたの陛下じゃないですか！」

「食べろ」

「ヤです」

わちゃわちゃと小競り合いになる。

「料理をつくってくれた人に敬意を払え、敬意を」

足を踏んでくる陛下。

「陛下が食べたっていいんですよ〜！」

俺は箸の先に唐辛子を装着して陛下の口の前に持っていく。

「私はもうお腹《なか》がいっぱいだ。お前が食べてお腹痛くなれ」

「あ、今いった！　お腹《なか》痛くなれっていった！」

俺は陛下の白いほっぺに唐辛子を押しつける
「さては朝のこと怒ってますね!?　俺がポッキーでほっぺをベタベタにしたから！　その仕返しに唐辛子を食べさせようとしてるんでしょう！　器が小さい！　器ミニ陛下！」

「私は器の大きさも陛下級だ。あの程度で怒ったりしない」

といいつつ、陛下も箸の先に唐辛子を装着して俺の口元に持ってくる。

そうやって互いに唐辛子を押しつけあうギリギリの戦いをしていると、ついに陛下が片眉を吊《つ》りあげていう。

「食べろ！　女王陛下の名の下に！」

「え、ちょ、えぇ～！」

俺の体はぴたりととまり、唐辛子満載の皿に正対する。

「それ、ずるくないですか？　っていうか、そんなカジュアルに使います!?　もっとこう、必殺技的に、使いどころってもんがあるでしょう～!!」

抗議の声をあげるが、俺の体は箸を使って唐辛子をせっせと口に運び、大好物みたいな勢いで食べはじめる。

「あっ、からっ――からぁっっっ！　ち、ちくしょ～!!」

陛下の能力には逆らえず、俺はしっかり唐辛子を完食したのだった。

中華テーブルに頭をのせてぐったりとする俺。くちびるはしっかり腫れている。

陛下はしれっとした顔をしている。

でも――。

「今の、ごまかすためにやりましたよね。俺が陛下の正体をきいたから」

陛下はなにもいわない。

「俺、陛下と一緒にいるようになって、なんかみえるようになってきたんです。陛下みたいな不思議存在、実はいっぱいいますよね？」

俺は厨房《ちゅうぼう》のほうに目をやる。

チャイナ服を着たあの店員のお姉さんが、こちらをみてほほ笑んだ。その瞳は本物の猫のように怪しく輝いていた。表情も、チェシャ猫みたいだった。

「黒い目の人間も、初めてみたわけじゃありません」

街中をなにげなく歩いていると、遭遇するのだ。決まって彼らは、背筋が寒くなるような存在感を放っている。

交差点の向かい側、立っている人の中に、よくみるとひとりだけ目が真っ黒な人がいたりするのだ。そして俺の視線に気づくと、口の前に人差し指を立てたりする。

陛下と一緒に英国屋《えいこくや》で働くようになって、そういう存在に気づくようになった。きっと、俺が知らなかっただけで、そういうやつらは世の中にずっといたのだ。

そして、陛下もそういう類《たぐい》の存在にちがいない。

「教えてくれたっていいじゃないですか。陛下ってなにものなんですか?」

陛下は俺を横目でみたあと、いう。

「私は女王陛下だ」

「そういいますよね～」

「そろそろ領土を拡大したいところだ。新宿《しんじゆく》も、もう私の領土になったしな」

「ただよく遊びにいくだけで併合されてしまう新宿……」

「次は代々木《よよぎ》か新大久保《しんおおくぼ》か」

「ただの山手線《やまのてせん》ユーザーじゃないですか」

「代々木からいくか」

「この人、渋谷《しぶや》とりにいく気だ」

なんてやっているときだった。

「あ、やっぱりここにいた!」

そういって、ひとりの女子高生が俺たちしか客のいない中華料理屋に入ってくる。

「ごきげんようミス・華《はな》」

陛下が挨拶する。

「こんにちは、エリさん」

「エリではない。陛下と呼べ、陛下と」

店に入ってきた女の子は俺が通う高校の後輩、華ちゃんだった。

◇

天見《あまみ》華。

高校一年生、十五歳。

幼さの残る顔つき、性格はかなり真面目。というか、融通がきかない。でも、おちゃらけた男子からも声をかけられるタイプ。つまりはストレートにかわいい女の子。

華ちゃん、平日の昼間に学校いってなくていいのかな、なんて自分のことを棚にあげて考えていると――。

「そんな落ち着いてる場合じゃないですよ！　特に斑目《まだらめ》先輩！」

中華料理屋に入ってくるなり、華ちゃんはそういってスマホを突きだしてくる。

画面には、ニュース速報の動画が流れていた。

「都庁爆破事件じゃん」

瓦礫《がれき》の山になった都庁が映しだされている。

「このあとですよ、このあと」

華《はな》ちゃんの肩までの細い髪がゆれる。制服をぴしっと着こなして、礼儀正しくもあるから、陛下は華ちゃんのことを気に入っている。

その華ちゃんがみろというので、ニュースのつづきをみる。

ニュースキャスターが深刻そうな顔でなにかいっていた。

華ちゃんがスマホの音量をあげてくれる。

どうやら今まさに、都庁爆破事件の犯人が判明して、指名手配されたらしい。

犯人？　と思う。だって、犯人って表現だとなんか一人っぽい雰囲気だ。あれだけのことなんだから犯行グループとか、組織犯罪とかじゃないの？　って思う。

その疑問にこたえるように、ニュースキャスターが、犯人は高校生で、外国のテロ組織の支援を受けて実行したとか、そんな説明をする。

ん？

「今、高校生っていった？」

そんな疑問を感じた次の瞬間、指名手配された犯人の顔写真と名前が表示され、ニュースキャスターがそれを読みあげた。

「警察は斑目真一《まだらめしんいち》（16）を都庁爆破の容疑で全国に指名手配――」

速報!!
2:15

◇

陛下は華《はな》ちゃんを座らせると、ゴマ団子と鉄観音茶を追加でオーダーした。

猫娘みたいなチャイナガールの店員さんがそれらを持ってきて、デザートタイムがはじまる。

「俺、マジで指名手配されちゃってるじゃん……」

ゴマ団子を食べながらスマホでニュースサイトをみてみれば、俺の話題で持ちきりだった。十六歳のテロリスト、狂気の高校生の文字が躍っている。

俺が学校にいってなかったこともあり、引きこもって爆弾をつくってるイメージが完全にできあがっていた。

「斑目《まだらめ》先輩は『外患誘致罪』で指名手配されてるみたいですね」

華ちゃんがいう。

「外国のテロ組織と通じてクーデターを起こそうとしたってことですね。ちなみに法定刑は死刑しかないみたいです」

「こわっ！」

「国家反逆罪とか、国家転覆罪に分類されるタイプの犯罪はそんなもんらしいです」

「俺、自分のスケールのデカさにビビッてるよ……」

「あと外患誘致罪で起訴された人はこれまで一人もいないそうなので、斑目先輩が日本初ということになりますね」

「全然嬉《うれ》しくない！」

「ちゃんと学校いかないからこうなるんですよ。ていうか——」

真面目な華ちゃんは頬《ほお》を赤らめながらいう。

「斑目先輩、エリさんとイチャつきすぎじゃないですか？」

華ちゃんにいわれて、俺は「え？」と首をかしげる。

「どこが？」

「エリさんのお茶が空になったら、すぐに注いでるし……口元が餡子《あんこ》で汚れたらふいてあげてるし……なんか、雰囲気が……しっとりしてるっていうか……」

「いや、これはいつものクセで陛下のお世話をしてしまうというか」

「それに、なんか距離感近いし……」

華ちゃんはなぜか目をそらしながらいう。

「も、もしかして、ふたりは付き合ってるんですか!?」

「え、ちょ、えぇ～！」

すごい角度ですごいことといってくるな、華ちゃん！

そんな華ちゃんに、陛下が冷静な顔でいう。

「付き合ってないぞ。私と斑目《まだらめ》は陛下と配下の関係だ」

それをきいて、華《はな》ちゃんは顔を真っ赤にする。

「付き合ってないのにイチャイチャしてるんだ……心はないけど体だけ……」

「そこだけ拾っちゃったよ」

「それって、大人の関係ってことですよね⁉ 斑目先輩、ハレンチすぎます！」

「華ちゃんって優等生だけど頭のなかはピンク色⁉」

俺は華ちゃんに陛下との関係を説明する。でも、たしかに現代日本において陛下と配下の関係なんて存在しないし、執事カフェにでもいかないかぎり、お茶を注いで給仕をする男なんていない。

「斑目先輩、はたからみたらバイト先のきれいなお姉さんに惚《ほ》れて、学校いかなくなってるダメ男にしかみえないですよ……」

というのが華ちゃんの結論だった。

「やっぱ学校いったほうがいいですよ」

「いや、そうかもしれないんだけどさ。俺、指名手配犯だし」

学校休んでバイトしてたら事件に巻き込まれて、テロリストとして全国に指名手配されてる。マジで俺の居場所がない。これからどうすんだよ〜って感じだ。法定刑が死刑しかないってことはつかまったら終わりで、そうなると逃げるしかない。

でもどうやって？　整形して顔変える？　お金は？　死ぬまでずっと？

「俺は自由に生きようとしてただけなのに、どうしてこんなに大脱線してしまったんだ」

頭を抱えていると、陛下がすごい普通のテンションでいう。

「あながちまちがっていないだろう」

「どうしてですか？」

「私と一緒に国を建てるということは、日本政府を転覆させるということだ」

「我々の活動はぁ！　ローカルでぇ！　かわいくてぇ！　政府が目くじらたてるもんじゃありません！」

「政府に目をつけられたとなると早めに国会議事堂を占拠したほうがいいな」

陛下は胸ポケットから大きな紙の路線図をとりだして広げ、国会議事堂までの行き方を調べはじめる。俺はとりあえず陛下をほっておく。

「なんか、すいません」

華ちゃんが俺に謝る。

「私がキーホルダーを取り返してほしいなんて依頼したせいで」

そうなのだ。昨夜、俺が都庁にいたのはキーホルダーを取り返すためで、その依頼をしたのは華ちゃんなのだ。

◇

ここに至るまでの経緯はこうだ。

数日前、華《はな》ちゃんが電車に乗っていたら、都庁職員の身分証を首からぶらさげた男に、カバンにつけていたキーホルダーをとられた。キーホルダーを外されるところはみていなかったが、ポケットに入れるところをみたらしい。

華ちゃんはその場で問いつめたが、男はしらばっくれたまま、小走りで逃げていった。とられたキーホルダーは遠くに住んでいるお父さんからプレゼントされたものだという。

当然、華ちゃんはまず、警察にいった。

でも警察はキーホルダー程度では動かない。それどころか、身分のある都庁職員がキーホルダーをとるなんて、そんなわけのわからないことをするだろうかと、華ちゃんの話を疑いだした。

対応した警官はキーホルダーのキャラクターをききとったあと、さらに、華ちゃんが同じキャラクターのグッズをカバンにいっぱいつけていることに目をとめた。

華ちゃんがつけていたキャラクターは『クロマリちゃん』と呼ばれる、黒がシンボルカラーの、かわいらしい、二頭身のマスコットキャラクターだった。

クロマリちゃんは女子のあいだで人気爆発しているのだが、なかでも、いわゆるテンシヨンのアップダウンの激しい女の子が極端に好む傾向があった。

「え？　私のこと地雷みたいな女だと思ってます？」

外見も性格も折り目正しい華ちゃんは警官の視線に気づいて声を大きくした。

「私が地雷系の女の子が好んで身につけるキャラクターのグッズをいっぱい持ってるからって、私のことも地雷女子高生って判断するんですか？　それで、地雷女がありもしない事件をでっちあげて警察に相談して、そんな、かまってちゃんムーブをかましていると思ってるんですか⁉　そういう目で今、私をみましたよねぇ！」

華ちゃんはテンションをアップダウンさせながら断固抗議した。

「偏見です‼　別にいいじゃないですか‼　真面目で健全な女子高生のなかにもクロマリちゃんを好きな女の子はいるんですよ～‼」

華ちゃんがとられたキーホルダーは、クロマリちゃんのぬいぐるみキーホルダーだった。

警察に相手にされず、それで華ちゃんは高校の先輩が学校にこずに怪しい街の便利屋をしているという噂《うわさ》をきいて、わらにもすがる思いで英国屋《えいこくや》をおとずれた。

英国屋の執務室で、陛下と一緒に華ちゃんの話をきいたとき、俺はいった。

「え？　警官にキレたの？　それって立派な地雷系――」

すごい目つきで睨《にら》まれたので俺はすぐ黙った。

それはさておき、陛下は例のごとく国民になることを条件に華ちゃんの依頼を受けた。

そして陛下の国民ネットワークにより（都庁の清掃担当のおばちゃんとお茶友）、キーホルダーが男の袖机のなかにあることがわかり、俺が潜入した。

いつもならここでキーホルダーを取り返して、国民がひとり増えたと陛下が胸を張り、いや、友だちがひとり増えただけですよ、と俺がつっこみ、また、へっぽこな日常がつづいていくところだ。

でも今回は都庁が爆発して、俺は指名手配されている。

◇

場面戻って中華料理屋、大きな丸いテーブルでデザートタイムをしながら——。

「すいません、本当に」

華《はな》ちゃんがゴマ団子を口に放りこみながら謝る。

「私のせいで斑目《まだらめ》先輩がテロリストに……」

「華ちゃんのせいじゃないよ」

俺は華ちゃんのお茶を注ぎながらいう。

「華ちゃんはキーホルダーを取り返したかっただけなんだから」

「ですよね」

華ちゃんが顔をあげる。

「私のせいじゃないですよね」

「あ、うん。立ち直りはやいね」

「ていうか、どちらかというと先輩のせいですよね」

「え、俺？」

「先輩がふざけてるのがいけないんですよ。だってほら――」

華ちゃんがスマホを向けてくる。そのニュースサイトには俺が都庁爆破事件の犯人であることを裏付ける動画が流れていた。昨日の夜の、庁内に設置された監視カメラの映像だ。

映像のなかで俺は――。

踊っていた。

カメラに向かってダブルピースしながら、完全に調子ノリノリのわるふざけ高校生のテンションで創作ダンスを踊っている。

テロップによると、都庁が爆発する直前の映像らしい。

「先輩、ずっと俺はやってないって顔で話してましたけど、ホントはやったんじゃないですか？　ていうかむしろ、これ、やってますよね？」

「やってないから！」

「そういえば――」

陛下も口をはさんでくる。

「斑目《まだらめ》は創作ダンスが趣味だといっていた」

「家でひとりのときしか踊りません！」

それより、と俺は陛下に向かって声をはる。

「今度はごまかさないでくださいよ！　あれ、俺じゃないですよね！　陛下はきっと、なにか知ってるんですよね！」

当然、俺は都庁で踊ってない。

じゃあ、あの踊ってる俺はなんなのかというと、陛下は知っているはずだ。

画像のなかの俺は、少し異様な感じがする。

きっと、世間の人たちは違和感なくみてるだろう。

でも、俺は知っている。

中華料理屋の猫の目をした店員のお姉さん、目が真っ黒な人間たち。そしてガラスが首に刺さっても死なず、他人に命令を強制することのできる陛下。

きっと、世の中には俺が知らない、不思議な存在がいっぱいいる。

そのなかには、他人の姿をコピーするやつだっているはずだ。

「もう、とぼけないでくださいよ。今回ばかりは教えてもらいますからね」

陛下の肩をつかんで、頭をぐらぐらゆらす。

「この映像の俺に化けてるやつ、なんなんですか？　絶対、陛下と同じで、不思議存在ですよね？　陛下みたいになんか能力使ってるんですよね？」

俺は陛下をいっぱいゆらしたあとで手を離す。

陛下はやれやれ、という顔をしたあとで、陛下を含めた世の中にいる不思議存在たちの総称を口にした。

「不死者《イモータル》」

◇

いわゆる吸血鬼や狼男《おおかみおとこ》といったやつらは存在するらしい。

モンスター、クリーチャー、化物、妖怪、いろいろな表現があるけど、どの存在も人より長い時間を生き、首にガラスがぶっ刺さったくらいでは死なない。

死を否定したものたち。

だから、不死者。

陛下はこの呼び方を教えてくれただけで、その内容を説明してくれたのはテーラーの女主人だった。陛下は彼女のことをラビと呼んでいる。

ラビは背が低く、銀縁のメガネをかけた、男装の麗人だった。いつも店内の布地を手にとって眺めていて、客がくると周囲をぐるぐると回り、いかにも職人といった目つきで観察したあと、客に似合うデザインのシャツやスーツを見繕う。

実際に採寸などの作業をするのは、フライデーだ。フライデーはメイドの格好をした物静かな女の子で、いつもラビに付き従っている。

ラビのテーラーは、『チャールズ&レトリバー』という看板を掲げ、高級なオーダーメイドのスーツを仕立てている。お客さんは経営者や大企業の管理職が中心で、彼らはわざわざこの夜見坂町《よみさかちょう》の商店街までやってくる。

陛下も必ずこのテーラーでシャツを仕立てている。

夜見坂町にある、由緒ある老舗。

しかし、どうやらチャールズ&レトリバーには仕立屋の他に別の顔があったようだ。

◇

中華料理屋をでたあと、華《はな》ちゃんは学校に戻っていった。

陛下と俺はラビのテーラー『チャールズ&レトリバー』に向かった。

高級感のあるショーウィンドウと、金色の文字。

俺が黒く重い扉を開け、陛下が店内に入っていく。

陛下はラビをみるなり、開口一番、いった。

「低俗な不死者が私の配下にちょっかいをだした」

「配下っていうかバイトですけどね。僕、アルバイト」

ラビは指名手配犯になった俺の顔をみてすぐに事情を察したようだった。

「なるほど、どうやらもう一つの家業をご所望のようね」

ラビはそういいながら、壁面にある棚の扉を開ける。なかにはベルトなんかの商品が置かれているが、ラビはその奥に手を入れて、なにやら操作する。

次の瞬間、重そうな棚が横にスライドして、鋼鉄の隠し扉があらわれた。

さらにラビが扉を開けると、そこには地下へとつづく階段があった。

「どうぞこちらへ」

ラビが俺たちを招き入れる。そして階段をくだっていくと――。

テーラーの地下室には壁一面に銃や剣がならべられていた。でも、それだけじゃない。

十字架や銀の杭《くい》、いわくありげな斧《おの》や槍《やり》なんかもある。

「すげ～!!」

俺が声をあげると、陛下が片眉を吊《つ》りあげる。

「なんか、あれじゃないか？　英国屋《えいこくや》の時よりテンションあがってないか？」

「知らないんですか？　男の子はこういう秘密基地が大好きなんですよ！」

「…………」

不満そうな陛下。陛下はとにかく自分が一番じゃないと気が済まないタイプだ。

ラビはテーラーの地下室をお披露目《ひろめ》した余韻の間をたっぷりとったあとでいう。

「不死者がいれば、不死者狩り《イモータルハンター》もいる」

ラビは人差し指でメガネをあげながらいう。

「時代を越えるたしかな一着と、不死者狩りのための武器を提供する。それが私の店、『チャールズ&レトリバー』よ」

無口なメイド、フライデーが椅子を引いて、俺たちは椅子に座る。そしてフライデーが紅茶を淹《い》れたところで、ラビがいった。

「斑目《まだらめ》くん、君が相手にしている黒い目の人間は、不死者のなかでも最上級の存在よ」

「それって……」

「本体が地獄にあって、人の体を乗っとってその魂を喰《く》らいつくす。周囲の人間や、祓《はら》いにやってきたヴァチカンの人間をも時と場合によっては破滅させる」

ラビはその不死者の名称をいう。

「悪魔」

俺は『エクソシスト』の映画のシーンを思いだす。宙に浮いたり、首をぐるんとまわす少女。

そういえば、都庁の人たちも、動きが変だった。

「俺、あんな恐《こわ》いもん相手にしてたんだ……」

「そして悪魔は様々な能力を持っている。ご存知《ぞんじ》のとおり人を操ったり、なかには姿形を自由自在に変えるものもいる。一度みた人間の姿をコピーするのよ。いわゆるシェイプシフターね」

「てことは――」

「都庁の映像の君は、十中八九、その能力を持つ悪魔でしょうね」

ラビはそういいながら、一枚の写真を机に差しだした。

メガネをかけた、真面目そうな男が写っている。

「ちょうど新宿《しんじゅく》にひとりいるわ。阿部《あべ》という男で、ゲームセンターの店員をしている」

「でも、悪魔を相手になにかできるんですか？　俺、エクソシストじゃないですよ」

「悪魔といってもピンキリよ。名前持ちの悪魔が相手では、不死者狩りが束になってもかなわない。私も、想像するだけで恐ろしいわ。でもこの阿部は名前のない悪魔で、姿を変えては詐欺を働いている小悪党よ」

そこでラビが指で机をとんとんと叩《たた》く。すると、静かなるメイド、フライデーがおもむろに回転式拳銃と、数発の弾丸を机の上に置いた。

「こんなのどうかしら？」

フライデーがいう。

「うむ、もらっておこう」

陛下はそういうと、フライデーの手をとろうとする。

フライデーが陛下の手をぺちっと叩《はた》く。

「お渡しする物は私ではありません」

「ケチんぼめ」

陛下がいって、ラビが肩をすくめる。

「あなたは運転手がほしいだけでしょ」

フライデーは十代の少女にしかみえないが、リムジンを運転できるらしい。路線図をみながら、ちまちま電車で移動している陛下からすれば、喉から手がでるほどほしい人材なのだ。

「エリ様にお渡しするのはこちらです」

フライデーは陛下の軽口を気にすることなく、つづける。

陛下はしぶしぶといった様子で、机の上に置かれた弾丸を指でつまみあげた。

「聖印《せいいん》の弾丸か」

弾丸は金色で、十字架が刻印されていた。

「一発撃ち込むだけで、悪魔は苦しむわ。擬態の能力も使えなくなる」

ラビが説明する。

「縛りつけて悪魔祓《ばら》いするよりシンプルでしょ？」

「ラビは手伝ってくれないのか」

陛下がいって、ラビは笑って首を横にふった。

「私は仕立屋よ。それに、あなたにもちゃんとかわいらしいパートナーがいるでしょ」

そういいながら、ラビは俺に銃を持つよう促してくる。

「俺、銃を撃ったことありませんよ」

「大丈夫よ。エリの能力、『国事勅令《キングス・オーダー》』を使えば、きっと上手《うま》く扱えるわ」

都庁で戦っているとき、警官の銃を分解したときのことを思いだす。

たしかにあの感じなら、きっと銃もばんばん撃てる。

「俺、不死者警察はじめちゃうんですね……」

街で困った事件が発生する。英国屋《えいこくや》に依頼がくる。原因は悪魔とか吸血鬼で、そういうやつらを俺がスタイリッシュにやっつけていく日々を想像する。

「あがってきた～!!」

「アホめ」

陛下がジャケットのポケットから古びたコインをとりだして投げる。ラビがそれをキャッチして、取引は成立したようだった。

そんな感じで店での用事が終わり、帰ろうとしたときのことだ。

ラビが俺のとなりにきて、話しかけてくる。

「気をつけなさいよ。最近、不死者たちの様子がおかしいから」

都内で事件が頻発して、不死者狩りが忙しくなっているらしい。

「そうなんですか」

そういって、俺は少し考えてからいう。

「でも、なんで、それを俺だけに話すんですか？」

「斑目《まだらめ》くんは忘れがちのようだけど――」

ラビはほほ笑みのなかに、ほんの少しの冷静さをブレンドした表情でいう。

「エリも不死者だからね」

「ラビさんは陛下とお友だちじゃないんですか？」

「付き合いが長いだけよ」

不死者であることは知っているが、その正体までは知らないらしい。

悪魔なのか吸血鬼なのか、はたまた――。

ラビの視線の先では、陛下がフライデーの頭をなでながら、お前は礼儀正しくてよい、と褒めながら、私の国民になれ、と勧誘している。

「不死者は不死者だから。人とはちがう道理で生きていて、昔から人と対立してきた」

ラビは目を細め、陛下をみる。

「エリはおそらくとても古い不死者。そして、古い不死者はみなくわせものよ」

◇

テーラーをでたあと、陛下は商店街にある玩具屋《おもちゃや》の前で足をとめた。

「なにがいいだろうな」

「幼稚園の依頼ですか」

クリスマス会でサンタの役をやってほしいと、幼稚園の園長から依頼があったのだ。

「せっかくならプレゼントも配って、キッズたちを喜ばせてやるのもわるくはない」

そういってショーウィンドウをのぞきこむ陛下。それをみて俺は思う。

こんな陛下が、わるい不死者なはずがない。

「プレゼントで釣っておけば、将来、従順な私の国民になるだろうからな」

「それ、マフィアが地元の子供たちにお菓子あげるのと同じ理屈ですよ」

やっぱりわるい不死者かもしれない。

「プレゼント選びは後日でいいか。まだ時間もあるしな」

「じゃあ、新宿《しんじゅく》いきますか！　シェイプシフターの阿部《あべ》をやっつけに！」

俺がいうと陛下はうむ、とうなずいた。

「華《はな》のクロマリちゃんのキーホルダーを取り返さないといけないしな」

「そっちですか～？」

「阿部はクロマリちゃんを持っている」

都庁の監視カメラの映像では、偽の俺がクロマリちゃんを持って踊っていた。

俺としては、阿部をつかまえて、濡《ぬ》れ衣《ぎぬ》を晴らして、この指名手配の状況をなんとかしたいところだ。今だってパーカーのフードをかぶって、メガネをかけてこそこそしている。

でも、陛下の目的はあくまでクロマリちゃんだった。

「依頼はパーフェクトに。それが英国屋《えいこくや》だ」

陛下は胸を張っていう。

「助手が指名手配されてるんですよ～」

「なんだ、知らないのか」

そこで陛下は得意げな顔をしていう。

「自国にいる限り外国の刑法は適用されないんだぞ」

「いや、日本政府は陛下の国独立を認めてませんから。俺、しっかり日本の法で処されちやうんで」

なんてやりとりをしつつ、陛下はシェイプシフターの阿部《あべ》をつかまえる計画を立てる。

「まず新宿《しんじゅく》のゲームセンターにいくだろ」

「はい」

「みつけ次第、お前がその男の足を撃つ」

「なるほど」

「そこを私がしばきあげてクロマリちゃんのキーホルダーを取り返す」

「完璧な作戦じゃないですかぁ。陛下は天才ですね」

そんなことをいいながら駅に向かう。でも――。

「もし阿部ってやつが、シェイプシフターの能力を使って姿を変えて隠れてたり、逃げてたらどうします？」

おとなしく本来の姿でゲームセンターにいれば、ラビからもらった聖印《せいいん》の弾丸を撃ち込めばいいんだろうけど、誰か別の人間に擬態して遠くに逃げられていたら、そもそも阿部をみつけられない。

「たしかにその可能性はあるな」

「確認しときましょうかね」

俺はラビからきいたそのゲームセンターに電話して、阿部さんにつないでください、友だちです、っていってみる。そして店員さんのこたえは、阿部は数日前から無断欠勤しているとのことだった。

「なんか、逃げたっぽいです」

「腹の立つやつだな」

陛下はいう。

「私の天才的な作戦を台無しにするとは」

「擬態を見抜く方法はないんですかね？」

「シェイプシフターの擬態は完璧らしいからな。相手がよほどのミスをしない限り、難しいんじゃないのか」

「あ～あ、偶然夜見坂町《よみさかちょう》に逃げてきて、その辺でなんかすごいミスしてくんないかな～」

「そんなやつがいたら、それは大層なお間抜けちゃんだろう。それよりアイス食べよう。私は冬のアイスが大好きだ」

なんてやりとりをしているときだった。

「あ～!!」

俺は声をあげる。

「どうした」

「大層なお間抜けちゃん、みつけちゃったかもです」

通りを歩く女子高生たちが、こそこそとスマホをカフェに向けている。彼女たちの視線の先には、端整な顔の男がいて、テラス席でコーヒーを飲んでいた。

「あの男、テレビでみたことあるぞ」

陛下がいう。

「しかし、それがどうかしたのか？」

「あっちもみてください、あっちも」

電器店のショーウィンドウに、テレビがならべられている。画面には今日のプロ野球の試合が生中継されていた。ちょうど始球式のタイミングで、俳優が振りかぶってボールを投げている。その顔は、テラス席でコーヒーを飲んでいる男と同じだった。

「よりにもよって、姿を変える先にイケメン俳優を選んだわけか」

とどめといわんばかりに、テラス席に座っていたイケメン俳優と同じ顔の男は、俺をみつけると椅子から転げ落ちた。

テロの濡《ぬ》れ衣《ぎぬ》を着せた男が目の前にあらわれたから驚いたのだろう。

そいつは、立ちあがると、逃げるように走りだす。

「なるほど、これはお間抜けちゃんだ」

陛下はそういいながら、俺をみる。

もちろん、追いかけるのは俺の役目だ。

◇

商店街の通りを走り抜ける。

イケメン俳優の姿に化けた阿部《あべ》を追いかけていた。

カフェで俺たちにみつかったあと、シェイプシフターの阿部はすぐに逃げだした。悪魔だから人間より運動能力が高いらしく、とても速かった。

「陛下、いつものやつ、やっちゃってください！」

ここは陛下の命令の力を借りるところだと思い、俺はその場でいった。すると――。

「もうやってるぞ」

「え？」

「『女王陛下の名の下に』というのは、ただのポーズだ。私が、ぐっ、と力を入れればお前は私のいうことをきくし、私の力の一部を使うことができる」

「陛下、ただのかっこつけだったんですね――」

「かっこつけるのは……大事だろ」

はやくつかまえてこい、と陛下はいう。

「上品にやれよ」

というやりとりがあり、俺は阿部《あべ》を追いかけている。

阿部はイケメン俳優の姿のまま、人のあいだを縫うようにして走る。俺は阿部を視界にとらえながら、人を避《よ》けて進まなければいけない。せまりくる金髪の若者、カートを押したおばあちゃん、女子高生、小走りの配達員、まるで反射神経のゲームだ。左、右、左、右、右、右。

阿部が突然、直角に曲がって、雑居ビルのなかに入っていく。俺もその後を追う。非常階段を登っていく阿部。俺もビルの外付の階段をぐるぐる回って登る。テナントの看板、英会話、インドカレー、カラオケ、四階まできたところで、阿部が通りに向かって飛び降りる。

顔をだして通りをみれば、阿部はもう駆けだしていて、当然、俺も飛び降りる。着地とともに転がって、衝撃を逃がしながら起きあがって走りだす。

阿部が振り返って驚いた顔をする。

「なんなんだよ、お前。誰だよ、お前」

「てめえのせいで指名手配された高校生に決まってんだろ〜！」

「渡さないからな。絶対、渡さないからな！」

「はぁ〜？　なにいってんだ〜？」

そこで俺は考える。渡さないっていったら、やっぱクロマリちゃんのぬいぐるみキーホルダーしかない。そしてクロマリちゃんは、テンションのアップダウンが激しい女の子に人気のキャラクターだ。つまり、この悪魔は——。

「てめえ～！　さては地雷系女子だな！」

「お前バカ⁉」

阿部は細い路地に入っていく。俺も入っていって、驚く。同じ顔をした女の人がふたりいたからだ。髪をゆるく巻いた、いかにも社会人っぽいお姉さん。

「え？　なんで？　なんで私？」

「ドッペルゲンガー⁉」

ふたりとも、自分と同じ顔の人間が目の前にいることに驚いたリアクションをしている。

「え、声までマネれんの⁉」

俺はいう。これじゃあどっちがシェイプシフターなのかわからない。

なんてことはなくて、俺は左にいた女の顔面をパンチする。

「なんでわかったのよ⁉」

「服が変わってねえんだよ！　あとバレてんのに女言葉やめろ！」

「ちくしょう！」

阿部は俺に背を向ける。そのときにはもう、またあのイケメン俳優に戻っていて、大通りを渡ろうと走りだしている。

青信号が点滅している。

おばあちゃんが手押し車を押しながら横断歩道を渡っていて、阿部《あべ》はその手押し車にぶつかってバランスを崩す。

「おばあちゃんにはやさしくしろ～!!」

俺はついに阿部に追いついて、後ろから襟をつかむ。阿部がその手をつかんでひねりあげて、さらに背負い投げしてくる。俺はいったん投げられるんだけど、地面に背中を打ちつけながら、そのまま相手を巴投《ともえな》げする。

横断歩道の真ん中でもつれあいながら、格闘する。

おばあちゃんが渡り切ったところで、ちょうど信号が赤になる。動きだす車。それに気をとられた隙をつかれ、俺は阿部の頭突きをくらってしまう。

「いって～!!」

駆けだす阿部。でも次の瞬間、歩道に到達する前に阿部がすごい勢いで車にはねられる。

「え、えぇ～!?」

ごろごろと道路を転がる阿部。戸惑う俺。

でも数秒もしないうちに阿部はむくりと起き上がり、駅ビルに向かって駆けだしていた。

どうやら体も頑丈っぽい。

「さっすが悪魔じゃん！　手加減する必要なかったみたいだな～!!」

俺はちょっと遠慮してたんだけど、そういう相手ならと、ラビから受け取った拳銃を取りだす。でもその瞬間、銃声と共に、手に衝撃。

阿部も銃を持っていて、発砲してきたのだ。しかもその銃弾は俺がだした銃に当たって、俺の銃ははじきとばされ、車がゆきかう車道の真ん中に滑っていってしまう。

銃を拾いにいくか、背を向けて逃げる阿部を追いかけるか。

選択が必要な一瞬で、俺の体が勝手に選んだのは——。

「ですよね〜!!」

追いかけることだった。

銃を拾いにいったら、そのあいだに阿部を見失ってしまう。だから陛下の命令に従順に従う俺の体は、阿部を追うことを選んだのだ。

そうなると——。

「こっから全部、丸腰でやんの〜!?」

阿部は悪魔のなかじゃ小悪党らしいけど、やっぱ不死者で、人間よりも圧倒的に強い。

「せめて銃ひろいにいかせて〜!!」

と叫ぶが、俺の体は車のボンネットを飛び越えて、阿部を追いかける。

阿部はなぜか駅ビルの中に入っていく。俺は阿部の背中めがけて全力疾走。

化粧品売り場を走り抜け、エスカレーターを駆けあがる。キッチン用品の売り場にきたところで、阿部《あべ》が振り返って銃を撃ってくる。割れるお皿、突然の銃声に悲鳴をあげる人々。

それでも俺の体は真っすぐ阿部を追いかける。

「無理があるんじゃないかな～！」

なんていっているうちに、阿部が逃げながら、今度はしっかり俺に銃口を向け、狙いを定めて撃ってくる。

「うわぁぁ～!!」

俺は思わず目をつむる。でも銃声のあとも俺の体はしっかり走っている。みれば手にフライパンを持って銃弾を受けとめていた。

「信じていいんですね！　陛下のこの力、信じていいんですね！」

俺と阿部は商業ビルのなかで大混乱の追いかけっこを繰り広げた。追いつこうとするたびに、銃を向けられ、柱に隠れたり、その場に伏せたりした。

そして、ワンフロア全体が大型衣料品店になっている階にきたときだった。

阿部の姿がみえなくて、俺はついに阿部の狙いに気づいた。

普通に考えれば阿部が逃げているのはおかしかった。車にはねられても平気で、銃も持っていて、それを商業ビルのなかで乱射するだけの悪党でもある。

そんな阿部がどうしてわざわざ逃げていたのかというと――。

服だ。

さっきまでは、阿部が女の人に化けても、すぐに見抜くことができた。顔をいくら変えても、ずっと服が同じだったからだ。

でも、このフロアには服がある。しかも、男ものも女ものも、老いも若いもだ。

阿部はこの場所でなら、パーフェクトな擬態ができる。

俺は辺りをみまわす。

阿部が銃をやたらめったら撃ちまくったものだから、このフロアもひどい状況だ。棚から服が落ち、キャスターもトルソーも床に倒れている。

お客さんは逃げだした人も多いけど、腰を抜かしている人や、棚の下に隠れている人もいる。店員さんはカウンターのなかに隠れていた。

そして、その人たちのなかに、銃を持った阿部が紛《まぎ》れているのは間違いなかった。

でも、俺には普通の人と阿部を見分ける方法がない。

阿部に有利な状況。

直感的にわかる。どう考えてもこの場から離れるべきだ。なにも、相手の得意なフィールドで勝負する必要はない。

でも――。

小さな男の子が店の真ん中で泣いていた。

お母さんが棚の陰に隠れながらこっちにおいで、ってやってるんだけど、男の子はギャン泣きで動けない。

阿部《あべ》はところかまわず銃を撃つ悪党で、こんな状況で子供がふらふらしてたら流れ弾が当たるかもしれない。危なすぎる。だから男の子のところにいこうとするんだけど――。

「あれ、阿部が擬態してる可能性もあるよな～」

さっき、阿部が女の人に擬態していたとき、声も、身長までもが変化していた。

きっと、子供に擬態することだってできる。

ここで少年に近づいていったら、「残念でした～!!」って、少年が笑って銃を撃ってくる可能性はある。いわゆる騙《だま》し討《う》ち。それに、仮に少年が本物でも、そっちをかまっていたら、絶対、銃口を向けられる。

とりあえず少年のことは放っておくのがクレバーな選択ってやつだった。

でも――。

陛下の力が俺を動かしたのか、体が自然と動いたのか、どっちかはわからない。

気づけば俺はカウンターからでて、少年に声をかけていた。

「大丈夫、大丈夫だから」

俺は頭をなでて、少年の肩をつかんでお母さんのいる方に向けてやる。

「ほら、あっちにお母さんいるから」

そういって、おしりをポンと叩《たた》けば、少年は泣きながらもそっちに歩いていく。そしてお母さんに抱きしめられて、ああ、よかった、と俺が思ったところで、こめかみに銃口を押しつけられた。

みれば、擬態をやめて、本来の姿になった阿部が立っていた。

みためだけは真面目そうなやつ。

そんな阿部がいう。

「お前、偽善者だろ」

俺はこたえる。

「かっこつけるのは大事なんだぞ」

「死ねよ」

容赦なく引き金をひく阿部。

銃声。

だけど――。

床に倒れたのは俺ではなく、シェイプシフターの阿部だった。

そして阿部が倒れてひらけた視界、そこに立っていたのは――。

陛下だった。

その手には、俺が道路の真ん中に落とした回転式拳銃が握られている。

「陛下～遅いですよ～」

「お前はもっと上品に戦う方法を学ぶ必要がある」

陛下は、ぐちゃぐちゃになった店内をみまわしながらいう。

「しかし、わるくはない」

陛下の視線は、お母さんに抱きしめられている、あの少年に向けられていた。

「紳士の心意気はある」

◇

十字架が刻まれた弾丸を撃ち込まれると、悪魔は相当苦しいらしい。

阿部《あべ》はフロアの上をのたうちまわっている。

「おい、キーホルダー返せ。クロマリちゃん」

陛下が阿部をつま先でつんつん蹴る。

「誰が渡すか、これは俺のだ。絶対に――」

銃声が響く。陛下が阿部のおしりを撃ったのだ。容赦がない。

「早く渡せ」

陛下は冷たい表情でいう。阿部はちょっと泣いている。でも胸の前で腕を組んで、絶対に渡さないぞという姿勢で、強がりをいう。

「こんなの、俺にとっちゃご褒美みたいなもんだぜ」

「そうか」

陛下がおしりに銃弾を何発も叩《たた》き込《こ》む。陛下はご褒美をいっぱいあげるタイプの陛下だ。

俺はしゃがんで阿部の顔をのぞきこむ。

「お前のせいで俺は指名手配犯になってんだからな～。都庁爆破の濡《ぬ》れ衣《ぎぬ》きせやがって」

そういったところで、阿部はなぜか笑いだした。

「なに笑ってんだよ」

「俺がそんなことのためにお前に化けるわけないだろ」

「じゃあ、なんで俺に化けたんだよ」

「これ持ってたら世界中から狙われるからだよ。でも、あの映像があれば、俺じゃなくてお前が狙われる。お前が持ってるって思われるからな」

「はあ？」

俺が首をかしげると、阿部は少し驚いた顔をした。

「お前ら、なにも知らずにこれを取り返そうとしてたのか？」

「いいから早くしろ」

陛下がまた銃を撃って、阿部が悲鳴をあげながらいう。

「もう怒ったぞ！　使ってやるからな！　どうなっても知らないぞ！」

俺と陛下は顔をみあわせて、なにいってんだこいつ、と肩をすくめる。

「地獄から本体を呼びだしてやる。これさえあれば、全てを――」

阿部《あべ》が自分の胸ポケットに手を突っ込む。でも、すぐにあせりはじめる。

「あれ、ない。ないぞ――」

そして辺りに視線を走らせる。どうやらクロマリちゃんを落としてしまったらしい。

俺も周囲をみまわす。すると――。

少し離れたところを、クロマリちゃんが歩いていた。

めちゃくちゃファンシーな光景だ。

キーチェーンがとれて、ぬいぐるみ単体になったクロマリちゃんが動いているのだ。

クロマリちゃんは二頭身の短い足で、ちょこちょことフロアを歩いていき、ちょうどやってきたエレベーターに乗り込んでいく。

そして扉が閉まる寸前、こっちに向かって小さな手をかわいらしく振った。

俺はそれをみながら、小学生のとき、クロマリちゃんのことを大好きだった女の子がいたことを思いだしていた。

その女の子はいつもクロマリちゃんのぬいぐるみを持ち歩いて、話しかけていた。

けっこうかわいい女の子だったから、男子たちがその子にかまってほしくて、「それはただのぬいぐるみだぞ」、「話しかけても意味ないぞ」とちょっかいをかけていた。

女の子は、泣きながら男子にいいかえしていた。

ぬいぐるみじゃないもん。クロマリちゃんは、クロマリちゃんは――。


「クロマリちゃん、ホントに生きてたんだ――」


俺がいったところで、陛下に頭をこつんと叩《たた》かれる。

「お間抜けちゃんめ」

「え？」

「どうやら、あのぬいぐるみにはとんでもないものが宿っていたようだ」

閉じたエレベーターの扉をみながら、陛下はいった。

「あれは聖杯だ」

■第二章　聖杯

陛下がクロマリちゃんのことを聖杯と呼んだ数日後のことだ。

俺はファミレスで食事をしていた。正面の席に陛下がいて、となりには華《はな》ちゃんが座っている。

俺の目の前にはハンバーグセットが置かれていた。ハンバーグとライス、サラダ、スープがあり、その周囲には陛下がならべたナイフとフォーク、スプーンが配置されている。

俺はハンバーグを前に、深呼吸をする。

緊張の、一瞬だった。

「なにから食べる?」

陛下がきいて、俺はこたえる。

「スープからいきます」

俺はそういったあとで、テーブルにいっぱい置かれているスプーンのうち、小さなものを手に取って飲もうとする。しかし――。

「ストップ」

陛下にとめられる。

「それはティースプーンだ。スープを飲むときはその丸いスープスプーンを使う。はい、やりなおし」

「え～」

俺はティースプーンを元に戻し、丸いスプーンを使って、スープをすくって飲む。

「なんかぁ、もう、お腹《なか》減ってるんでぇ、ハンバーグいっちゃっていいですかぁ？」

「食器《カトラリー》の選択を間違えなければな」

みればナイフが二本置かれている。

「これ、絶対一個、引っかけで置きましたよね？」

「早くしないと冷めるぞ」

「う～ん」

俺にはどっちも同じにしかみえない。まあ、二分の一ならなんとかなるだろう、と思ってテキトーに一つを取って食べようとするけど――。

「はい、ストップ、不正解」

「も～!!」

「お前が手にしたのはフィッシュナイフ。よくみろ、刃がつるっとしてるだろ。肉を食べるときはギザギザのステーキナイフを使え」

「ハンバーグくらい気楽に食べさせてくださいよ～」

「ダメだ。礼節が人をつくる」

ファミレスでわちゃわちゃやりあう陛下と俺。

そんな俺たちをみて、となりに座っていた華《はな》ちゃんがいう。

「斑目《まだらめ》先輩、マナー指導されてるんですね」

「そうなんだよ。いつもこうなんだ」

英国屋《えいこくや》のリビングのすみっこにはよくわからないガラクタが積まれている。地球儀や望遠鏡、甲冑《かっちゅう》、航海で使う感じのコンパスなんかだ。

俺と出会ってすぐの頃、陛下はその散らかった部屋の一角から、ステッキを引っ張りだしてきた。それでなにをするかというと、俺が猫背になっているとツンツンつついてくるのだ。お腹《なか》をひっこめろとか、胸を張れとかいって、姿勢を矯正してくる。

陛下がいうところの、『斑目真一《しんいち》紳士化計画』だ。

そして紳士になるためには姿勢を正しくするだけでは足りないらしく、俺が英国屋のソファーでだらだらしていると英語の勉強をさせようとしてくるし（自分はスマホで遊んでいる）、服もジャケットを着せようとして、ラビのテーラーにヴィクトリア式だか英国式だかのオーダースーツまで発注した。

たしかにフォーマルな陛下とカジュアルな俺の組み合わせはギャップがある。でもそれがいいんじゃゃん〜って思うけど、陛下はフォーマルとフォーマルで抜け感なくキメたいらしい。

　そして、そんな俺を紳士にするという目的のもと、ファミレスで食事をするときも厳しくマナー指導されているのだった。

「俺、お腹減ってるんですけど～!!」

「ナイフとスプーンの名前をちゃんと覚えれば食べていいぞ」

「自分はポテトフライ手でつまむくせに～」

「そういうことをいうと、こうだ」

　陛下がフォークで俺のハンバーグをとっていこうとする。俺はそれをナイフで防ぐ。するとお皿の上でナイフとフォークの戦いがはじまった。

「おい、斑目、行儀がわるいぞ」

「それは陛下もでしょ～」

　そんな感じで、いつものごとく陛下とじゃれついてると――。

「むっす～！」

　と、となりに座る華ちゃんが頬《ほお》をふくらませていた。

「え？　なになに、どうかした？」

「いえ、別に」

　華ちゃんが、ぷいと横をむく。

「なんか、エリさんと先輩って距離感近いなと思いまして！」

たしかに、陛下はすぐにデコピンしてきたり、俺の頬《ほお》を引っ張ったりしてくるから、スキンシップが多いといえば多い。

「髪を整えろ、髪を～」

そういって、普段から俺の髪を手でさわってくるし、

「シャツにはアイロン～」

といいながら服を引っ張るし、

「靴もちゃんと磨く」

なんていいながら、俺のスニーカーをふみふみしてきたり、

「お前には教養が必要だ」

と、美術館に連れていき、俺がデカい絵をみながら「デカくてすげ～」ってアホの子みたいな感想をいってると、「こういう場所で大きな声をだすのはよくないぞ」と、俺の口元に指をあてたりもする。

細くて白い指がふわっとくちびるに当たったときは、ちょっとドキッとした。

でも――。

「そういうのよくないと思います！」

ファミレスでも同じ調子の陛下をみて、華《はな》ちゃんがいう。

「い、いえ、エリさんがわるいとかではなくて……その、エリさんきれいだし……斑目《まだらめ》先輩がそっちにいっちゃうというか……そ、そうではなくて……勘ちがいしちゃうというか……そ、そうです！　斑目先輩は高校生で、ハンパにやさしくしたら、絶対勘ちがいして襲ってきて、体に欲望いっぱいぶつけられて滅茶苦茶《めちゃくちゃ》にされちゃいます！　斑目先輩に不用意にさわるのはよくないです！」

「俺のことなんだと思ってんの⁉」

陛下はそんな華ちゃんの様子をみて、いう。

「私は斑目を紳士にしようとしている。華もそっちのほうがいいだろ」

「俺は今のままで困ってないですけどね～」

なんていうと、陛下はつんとした顔になる。

「おい、もっとやる気だせ。大事だぞ、マナー」

「紳士になってもいいことないですもん～」

「いいことあればやるのか？」

「まあ」

するると陛下はなにやら思案するような顔をしてからいう。

「じゃあ、ちゃんとやるならご褒美をやろう」

「え？」

「なんでもいってみろ」

「なんでもありなんですか？」

「ああ。私はご褒美をちゃんとあげるタイプの陛下だ」

俺は陛下からもらうご褒美について考える。陛下は英国屋《えいこくや》にガラクタをいっぱい溜《た》めこんでいるが、なにやら高価そうな宝石や金貨も持っている。であれば――。

そのときだった。

なぜか頭に浮かんだのは幼稚園のときの記憶だった。

同じ組にいたイタズラ好きのガキんちょが、転んでひざを擦りむいたことがあった。そいつは、なにやら思いついた顔をすると、若くてきれいな先生のところに走っていった。痛い痛いというと、先生はそいつを抱っこしてよしよしと頭をなでた。そいつは先生の胸に顔をうずめたあと、砂場で遊んでいた俺をみてニヤッと笑った。

俺も、大好きな先生だった。

あまりの衝撃に俺は口をあけ、その場でスコップを手から落としていた。

あのときの記憶が、ありありと蘇《よみがえ》る。

俺は陛下の胸をみる。

「ご、ご褒美は！」

「ご褒美は？」

「お、お、お――」

「お？」

「お、お、おっ、おっ……いや、やっぱキスで！」

「ちょっと～!!」

華《はな》ちゃんが声をあげる。一方、陛下は冷静だ。

「なんだ、そんなことでいいのか」

「ダメです～!!　絶対、ダメ！」

華ちゃんが両手をぶんぶんふる。

「ツッコミどころ多すぎてなにからいっていいかわかりませんけど、キスはそんなに軽々しくするものじゃないです！」

「そうか、華がそういうのなら、そういうものなんだろう」

「エリさんはちょっと浮世離れしすぎです……」

「気をつけよう」

陛下はそういったあとで、なにやら意味ありげな目つきで華ちゃんをみながらいう。

「それはそうと、華は斑目《まだらめ》とどれくらいの付き合いなんだ？」

「え？　そ、それは――」

華ちゃんが急に黙りこんでしまうから、代わりに俺がこたえる。

「この依頼からですよ。華《はな》ちゃんはかわいくて目立つから、下の学年にそういう子がいるな～、とは思ってましたけど。だから、まあ、高校から一緒って感じなのかな？」

「高校から……」

なぜか華ちゃんがすねた顔をする。

「斑目《まだらめ》はアホだからな。変なことばかり覚えていて、肝心なことは覚えてないんだろう」

陛下はそんなことをいって紙ナプキンを手にとる。

「マナー教室を再開するぞ。ほら、ソースがついている」

陛下が俺の口元を紙ナプキンでふく。すると――。

「いたっ！」

俺は思わず声をあげる。

華ちゃんが机の下ですねを蹴ってきたからだ。

「なんで⁉」

「さあ？」

華ちゃんは顔をそむけていう。

「なんででしょうね！」

結局、マナーを失敗するたびに陛下につんつんされ、そのたびになぜか華ちゃんに蹴られながら、俺はハンバーグセットを食べたのだった。

◇

ファミレスでの食事が終わったあと、華《はな》ちゃんは塾があるからとひとり帰っていった。

陛下と俺はコンビニに寄り、ソフトクリームを買ってぺろぺろ舐《な》めながら、英国屋《えいこくや》に向かって歩いていた。すると、陛下は立ちどまり、鼻をすんすんさせていう。

「地獄の香りがするな。この感じは、名前を持つ悪魔か――」

陛下はいつもどおりの表情のまま、とても冷静にいう。

「人がたくさん死ぬかもしれないな」

◇

陛下がクロマリちゃんを聖杯と呼んだ日、俺たちはラビのテーラーに向かった。

テーラーの地下室で、ラビは都庁爆破事件の、俺の姿を借りたシェイプシフターが踊っている映像をみながらいった。

「なるほど、クロマリちゃんの王冠部分が聖杯ね」

クロマリちゃんは様々なデザインのぬいぐるみが発売されている。けれど頭のところに金属の王冠がついている商品はどこにも存在しなかった。

「このクロマリちゃん、華ちゃんのお父さんからのプレゼントだったかしら？」

「お父さんが海外にいて、ちょっと早めのクリスマスプレゼントってことで送られてきたらしいです」

「きっと、ぬいぐるみが華ちゃんの手に渡るまでのあいだに、どこかで取《と》り憑《つ》いたのね。海の上か、空の上かはわからないけれど。聖杯は時代によって姿かたちを変える、大きなエネルギーのようなものだから」

ラビの話によると、聖杯は、とても価値のあるものらしい。

「歴史上、一時代を築いた君主の多くが、聖杯を所持していたといわれているわ」

必ずしも杯の形をしてなくて、時代によって、宝石だったり、玉璽《ぎょくじ》だったりするらしい。

「国が建つんですか……」

俺は陛下をみる。陛下は俺が思ったことを察していう。

「そうだな。聖杯の力で国を建ててしまうのもやぶさかではないかもな」

でも、聖杯の力はそれだけじゃないとラビはいう。

「さっきもいったけど、聖杯は人智《じんち》を超えたエネルギーよ。悪魔もずっと探してる」

「なんで悪魔が聖杯を欲しがるんですか？　悪魔国家建国？」

「聖杯には境界を壊す力もあるから」

つまり——。

「地獄で焼かれつづけている自分の体をこの世界に持ってきたいのよ。人間の世界は快適だから」

聖杯は人にとっても悪魔にとっても、とても価値のあるものだった。

「阿部《あべ》はひとり抜け駆けしようとしたのね。弱い悪魔でも、聖杯さえあれば強くなれる」

自分が持っていることを隠すために、俺を利用したのだ。

阿部が俺に化けて聖杯を持っている映像を流したせいで、事情を知らない他の悪魔たちは俺が聖杯を持っていると思っている。

「悪魔以外にも不死者はいるから、そういうやつにも狙われるかもね」

「俺、みんなに狙われるんだ……」

「全ての不死者に狙われる。同じ人間にも狙われるかもしれない。聖杯は途方もない力を与えてくれるから。うまく使うことができれば、なんでも可能になる。世界を統べる、願いをかなえる類《たぐい》の力よ」

聖杯争奪戦に巻き込まれたというラビの見解をきいた俺の感想はたったひとつだった。

「俺、持ってないのに〜!!」

◇

争奪戦に巻き込まれてから、今日に至るまでの日々は、ポップ&キャッチー&グロテスクだった。

ポップ&キャッチーの部分は陛下がマイペースに英国屋《えいこくや》で依頼を受ける部分で、グロテスクが悪魔からの襲撃だ。

幼稚園からの依頼で、サンタとトナカイの格好になってクリスマス会に参加する。園児を楽しませていると、悪魔が襲ってくる。園児がみてない裏で、トナカイ陛下とサンタな俺が、ふたりで力をあわせて、悪魔の心臓に十字架を突き立てる。

遊園地のホラーハウスでキャストをしてくれという依頼がくる。俺たちはゾンビになってお客さんを驚かす。そんなことをしていると本物の悪魔が襲ってきて、拳銃で脳天を吹っ飛ばす。お客さんの前だったが、これもショーですよ、という顔でやりすごす。

アイドルのコンサートで客席を埋めてくれと依頼がきて、サクラとしてコンサート会場でサイリウムを振っていたら、アイドルがみんな悪魔で、照明器具を落下させてグループ全員をぺしゃんこにする。

そんな感じの日々を過ごし、ついに今日、陛下が強い悪魔の気配を察知した。

「ついに悪魔きちゃったか～」

俺はいう。

ファミレスでのマナー教室のあと、英国屋《えいこくや》に戻って、陛下お気に入りの丸いテーブルでお茶を飲んでいるときのことだ。

「食後の紅茶のあとはクロマリちゃん探しだな」

陛下はステッキを子供みたいにぶんぶんふりながらそんなことをいう。

聖杯の力で、クロマリちゃんのぬいぐるみは動きだした。

商業ビルのエレベーターに乗り込んでいったのを最後に見失っている。

ただ、クロマリちゃんの足は超短いので、そんなに移動のペースは速くない。

だから時間があるときはなんとなく街をぶらぶらしてクロマリちゃんを探している。

でも――。

「陛下、そろそろ手を引いてもいいんじゃないですか？」

俺はいう。

「華《はな》ちゃんにクロマリちゃんを渡してあげたい気持ちはやまやまですけど、もう英国屋のテンションじゃなくなってきてますよ～」

聖杯争奪戦は激化している。悪魔をグロテスクにやっつけてるし、なんかもう、人もカジュアルに死んでいきそうな気配だ。

シェイプシフターの阿部《あべ》はテーラーの地下に監禁している。あいつの仕業だって公表して、クロマリちゃんが手元にないことをわからせれば、足ぬけできるはずだ。

「そうだな」

陛下はいう。

「その選択肢もあるだろうな」

「え？　なんか、あっさりですね。意外です」

「私は全てが思ったとおりにはいかないとちゃんとわかっているタイプの陛下だ」

ただし手を引くなら、と陛下はひとつの条件をだした。

「華とデートすること」

「デートですか？　またよくわかんない条件だしてきますね」

「埋め合わせはするべきだろう」

陛下はクリスマスに華ちゃんと女子会をする予定になっているらしい。

「サプライズで斑目《まだらめ》がいってこい」

「いや、それ華ちゃんがイヤがりますよ。陛下と女子会したいのに、俺がいったら――」

陛下はそこで目を細めて俺をみる。

「このお間抜けちゃんめ。警察に相手にされなかったとはいえ、真面目な華が理由もなくこんな怪しい便利屋を頼ってくるか？」

「自分で怪しいっていっちゃったよ」

「華《はな》を楽しませてこい」

陛下はもうそれ以上説明する気はないようだった。

こうなったらなにをいっても説明はしてくれない。だから俺はいった。

「イエス、ユアマジェスティ」

◇

「きょ、きょえ〜っ！」

華ちゃんが変な声をだす。

クリスマスの日、昼過ぎに港近くの駅に集合したときのことだ。陛下がくるはずだったのに俺がきたものだから驚いたらしい。

「陛下、風邪ひいたらしくて」

「エリさんって不老不死ですよね!?」

とりあえず、港に向かって歩きだす。

華ちゃんは顔を赤くしながら犬のように、くぅん、くぅん、と声をだしたり、前髪をおさえたり、服の襟をさわっては、「いってくれたらもっとオシャレしたのに〜！　エリさんのバカ～！」と悶《もだ》えたりしている。

「華ちゃん」

「……エリさん、全部おみとおしなんだ……くぅん……」

「あの華ちゃん」

じたばたしている華ちゃんに声をかける。

「陛下とはけっこうおでかけしてるの？」

「あ、はい。してますよ」

陛下に誘われて、季節のパフェを食べにいったり、一緒に服を買いにいったりしているらしい。

「完全に友だちじゃん」

「今日もエリさんが軍艦をみたいっていってたから――」

だから軍港のあるこの街を女子会の場所に選んだらしい。

そういえば英国屋《えいこくや》でだらだらしているとき、陛下とこんな会話をした。

『なんか、海軍ほしくなってきた』

『借りものの３ＬＤＫしか領土ないのに制海権ですかぁ～？』

冗談かと思っていたが、軍港のある都市に遊びにこようとするくらいだから、本気でいっていたのかもしれない。米軍を接収しようとするとは、相変わらずおてんばだ。

そして米軍基地がある都市だから、本場のハンバーガーショップがあり、華《はな》ちゃんとそれを食べにいくことになった。

店に入り、席についたところで、華ちゃんがくすりと笑う。

「斑目《まだらめ》先輩、それっぽくなってきてますね」

「え？」

「ドアを開けて先にとおしてくれるし、席も広いほうに私を座らせてくれますし」

「陛下に教育されちゃってんだよね～」

メニューをみながら、ハンバーガーを注文する。

「陛下はさ、生きていくうえで大事にしなきゃいけないことが六つある、っていうんだ」

「その六つってなんですか？」

俺はそれをひとつずつあげていく。

「礼節、博愛、責任、敬意、規律――」

そこで俺は首をかしげる。

「あと一個なんだったっけ？」

「えぇ～」

「けっこう口うるさくいわれてるのに、忘れちゃった」

なんて会話をしているうちに、店員さんが超デカいハンバーガーののったお皿を運んでくる。

「やっぱりエリさんはこういうハンバーガーを食べるときもナイフとフォークなんですか？」

「紙に挟んで、ぺったんこにしてから食べてるよ」

そう、陛下はハンバーガーを潰して食べるタイプ。

「本場はそうなんだってさ。『私はかつてニューヨークで暮らしたことがある』って、自慢してたよ」

俺が野球中継をみていると、『私はベーブ・ルースとも知り合いだった』と、きいてもいないのに主張してきたりする。

華ちゃんも笑う。

「エリさんってそういうとこありますよね」

「私が化粧品のポスターみてると、『私はモデルをやったことがある』っていってきますし、芸能人をみかけた話をしたら、『女優もやったことある！』って、食い気味にいってきます」

「みえっぱりだからな～」

ハンバーガーを食べたあとは、軍港に停泊している軍艦を眺めた。そこでも陛下の話をして、なんとなく、これ、ダメな流れだよなって思う。

だって、華《はな》ちゃんと一緒にいるのに、陛下の話ばかりしてる。

華ちゃんとは依頼をきっかけに知り合いになったばかりで、まだそこまで親しくない。

だから、共通の知り合いの話で間をもたせようとするのも仕方がない。

でも、なんかちょっと失礼な気もする。

せっかく一緒にいるんだから、俺は華ちゃんを楽しませるべきだ。そんな気持ちになって、今日がクリスマスであることを思いだす。

プレゼントくらい用意しておけばよかった、って一瞬思うんだけど、でもそれってまだ間にあう。だから、通りを歩きながらきく。

「華ちゃん、なんかほしいものとかある？」

「え？」

「ほら、クリスマスだし」

「ええ〜!!」

華ちゃんは、いえ、いいです、わるいです、とバタバタする。でも、俺がいいからいいから、というと、目を伏せ、顔を真っ赤にしながらいった。

「じゃ、じゃあ今日、ここで一緒に……デー……遊んだ……記念になるものが……いいです……」

「記念になるものか〜」

ここは軍港都市で、名物といえば今食べたハンバーガーとかそういうのだ。記念になりそうなものといえば——。

俺は通り沿いにある店のウインドウに目をとめていう。

「スカジャン？」

この街の名物はスカジャンなんだけど、さすがに華ちゃんのキャラじゃないよな、って思う。華ちゃんはいつもお嬢様みたいに上品な格好をしているし。でも——。

「す、すかじゃん、ほしいです！」

華ちゃんはいう。

「先輩、ラフな格好ですし……私がスカジャンを着れば、ふたりならんでもいい感じになるというか、なんというか……」

ということで、店に入った。店員さんがピンクと白のかわいらしいスカジャンを持ってきてくれる。華ちゃんはそれを大いに気に入ってくれたようだった。

華ちゃんは今まで着ていたコートを袋に入れて、さっそくスカジャンを羽織った。

頭からつま先までフォーマルなんだけど、上着だけ超カジュアル。抜け感がいい感じで、それこそモデルみたいだった。

「じゃあ、いこっか」

それから俺たちは観覧車に乗って景色を眺め、ディナーには、高校生には少し背伸びしたレストランに入って食事をした。

華《はな》ちゃんは次第にしゃべらなくなっていった。伏し目がちに、頬《ほお》を赤くしながら、時折、なにかいいたそうに俺をみていた。そして、そろそろ帰らなきゃという時間になり、ふたりで帰りの電車に乗っているころには黙りこむようになってしまった。

電車のなか、並んで立ちながら、俺はどんな話題を振ればいいか考える。

でも、先に華ちゃんが顔を真っ赤にしながらいった。

「あの……斑目《まだらめ》先輩、知ってますか？」

「なにを？」

「私と斑目先輩、小学校同じなんですよ……」

「そうなの？」

校名をきいてみれば、たしかに同じだった。

「偶然だね」

「は、はい。それで……クロマリちゃん大好きな女の子いたの覚えてます？」

「いたいた。けっこう印象残ってるよ。かわいい子でしょ？」

「か、かわっ！」

華ちゃんがぱたぱたと手で顔をあおぐ。

「そ、それで、その女の子、男の子たちにいっぱい、からかわれてましたよね!?」

「覚えてる覚えてる」

「でも、そんな女の子を守ってくれた男の先輩もいました。からかわれて、とられたクロマリちゃんを取り返してくれたんです……」

「へえ〜そんなやついたんだ〜」

「その女の子がその人のこと好きになってたとしても、普通ですよね!? 小学生の頃から高校生まで、ずっと好きで、毎晩その人のこと考えてたとしても、別に地雷みたいな女の子じゃないですよね!?」

なんて華ちゃんがいったときだった。

電車が停車して、たくさんの人が乗りこんでくる。

俺は人にぶつからないよう、華ちゃんを引きよせた。すると——。

華ちゃんは自分からもっと近づいてきて、両手で俺の服のすそをつかみ、ほぼ抱きついているような格好になった。

「は、華ちゃん!?」

「先輩は……女の子と……そういうことしたいんですか？」

華ちゃんは体を密着させながら、小声でいう。

「え!?」

「だって、エリさんにファミレスでキ、キスをご褒美にするとか……」

「ああ、キスのことね。うん、あれは、その、ほら、俺そういうことしたことないから、してみたかったっていうか……」

「よ、よくないと思います。キスは両想《りょうおも》いの相手とするべきで……もっと大事にするものだと思いますし……ご褒美でするというのは……」

「うん、そうだね——」

「で、でもぉ！」

華《はな》ちゃんは恥じらうように横をむきながらいう。

「デートした相手とかぁ、プレゼントを送った相手ならぁ……い、いいんじゃないでしょうかっ！　きすっ！」

「それは、つまり——」

俺は少し考える。デートしたりプレゼントしたりした相手、それって——。

華ちゃんだ！

「う、うぇぇ～!?」

俺が驚くと、華ちゃんはさらに顔を真っ赤にしていう。

「今日は門限あるので帰らなきゃいけないですけど……そうじゃないときなら……先輩がエリさんに、キスの前にリクエストしようとしてた……む、む……そういうのだって……私は……別にぃ……いぃ……かも……ですよぉ……」

華ちゃんが、心なしか体を押しつけてくる。

今日は家に帰るけど、次回はそうじゃなくても大丈夫ってこと!?

すごい展開だ。

ていうか俺、どうすればいいんだろう。ここはもう、ぐいぐいいっちゃっていいのだろうか。それとも華麗にかわすのが紳士なのか。いや、華ちゃんは恥ずかしがりながらも、勇気をだしてくっついてきてくれているわけで、それなら、ここはその気持ちにばっちりこたえちゃうのが紳士ってもんじゃないの?

教えて陛下~!!　どっちが紳士なんですか~!!

なんて考えているときだった。

「うお、斑目《まだらめ》じゃん」

と、同年代の男に声をかけられた。

そいつは俺と華ちゃんを交互にみたあとで、にっこり笑っていった。

「斑目くんは本当にゴミだね」

◇

高山《たかやま》ケンジ。

生徒会長をやっている俺のクラスメート。オールマイティに勉強もスポーツもできて、人当たりもよく、みんなのまとめ役で、先生からの信頼もあつい。

そして華《はな》ちゃんも同じ優等生属性だから、一緒に学校行事で活動したりすることがあるようで、知り合いみたいだった。

クリスマスに華ちゃんと遊んでいたところ、偶然、電車のなかでクラスメートの生徒会長と出会った格好だ。

「斑目《まだらめ》くんと――あと、天見《あまみ》さん？」

ケンジは電車に乗ってきたあと、俺と華ちゃんをみて、そう声をかけてきた。

名前を呼ばれて、華ちゃんは急いで俺から体を離し、ごまかすように前髪をいじりながら挨拶を返した。

「こ、こんにちは、会長」

「クリスマスにふたりでおでかけ？」

ケンジがきいて、華ちゃんがちょっと照れながら、「はい」とこたえた。ケンジはそんな華ちゃんをみながら、にこやかにほほ笑み、そのやわらかい雰囲気のまま、俺をみて、とてもやさしい口調でいったのだ。

『斑目くんは本当にゴミだね』

俺も華ちゃんも、ケンジのやわらかい雰囲気にのせられて、一度は、「うんうん」とうなずいた。でもすぐに、「え?」と声をだした。

ケンジは、驚く俺たちを無視して、にこやかにつづける。

「斑目くんは学校にはこないくせに、女子とは遊ぶんだ」

「いや、それは――」

俺はなにか言い返そうとするんだけど、それより先にケンジがいう。

「そもそもなんで学校こないわけ?　自由に生きたいとか?　それって甘ったれの逃げじゃない?」

「そういうんじゃなくて……」

「誰もが誰かのいうことをきいて生きていくことはわかってる?　でも、どうせいうことをきくなら美人がいい?　それってただのカッコつけでしょ」

「なんでそれ知って――」

俺はその気持ちを誰にもいってない。もちろん、ケンジにも。

驚く俺の耳元に、ケンジはその隙のない整った顔を近づけていう。

「本当はビビッたんだろ?　父親が取引先に怒られて、頭をさげてるのをみて」

集団に馴染《なじ》むのが苦手だもんな、とケンジはいう。

「憧れてる父親でさえああなるんだから、自分なんてもっとひどいことになると思ったんだろ？　怒られて謝りつづける、未来の自分を想像した」

逃げだしたんだ、とケンジは囁《ささや》く。

さらにケンジは俺がこれまで学校でしてきた失敗をあげつらっていく。

小学校のとき、ケンカをしすぎて問題児扱いされたこと。

中学のとき、遅刻をしすぎて進学が危なかったこと。

高校の文化祭で、クラスのみんなが大切にしていた看板にペンキをぶちまけて、クラス全体をしらけさせてしまったこと。

「人や、社会、現実が恐《こわ》くなったんだろ？　だから逃げだして映画館にこもった。それがお前の真実なんじゃないの？　それを、もっともらしいことといってとりつくろってるだけなんじゃないの？」

「ちょっと、会長！」

華《はな》ちゃんが怒って前にでる。でも、ケンジは華ちゃんにもいった。

「天見《あまみ》さんは優等生だよね」

「え？　ま、まあ、そういわれてはいますが――」

「となりに住んでる小学生の少年に、勉強を教えたりもする」

「な、なんでそれを会長が知ってるんですか？　私、それ話してな――」

「でも、君は悪い子だよね」

ケンジは俺のときと同じように、華ちゃんの耳元で囁く。

「昨日の夜、ひとりでなにしてたの？」

「え？」

「ベッドで、寝る前にさ。枕に顔押しつけて――」

「え、ちょ、あ、あ……」

「あんなことしてるのに清楚《せいそ》な顔して学校にいって、真面目なふりして少年に勉強を教えたりしてるんだ。まったく、ひどい女の子だね」

「え、うぇ、うぇ……」

華ちゃんはケンジに詰められて、ぐすぐすと泣きそうになる。

ケンジはさらに華ちゃんの顔を探るようにのぞきこむ。

「なるほど。好きな男を想像してたわけか。ふんふん、そいつの名前は――」

「やめ、やめてください――」

そこで電車が到着して、俺は華ちゃんの手をつかんで列車から降りる。

「華ちゃんはカフェで休んでてくれないかな。俺、久しぶりにケンジとクラスのこととか話したいからさ」

「うえっ、えっ……」

華ちゃんはめっちゃ泣いてる。

「先輩ちがうんです……私、そういうことしてな、して、して……したかもしんないですけどぉ！　でも、積極的にしたわけじゃなくてぇ……別に普段は全然したいとか思ってなくてぇ……せ、せんぱ、じゃなくてぇ、好きな人のこと考えてたらぁ……うぇ、うぇ……」

「わかってる、華《はな》ちゃんがそういう子じゃないってわかってるから！」

「うぇぇ～」

泣きながらも華ちゃんはいい子なので、ちゃんと俺のいいつけどおり駅ビルのカフェに向かって階段をあがっていく。

「てめぇ～！」

俺は、列車からゆっくりと降りてくるケンジに向きなおる。

「さては悪魔だな～！」

ケンジが薄ら笑いを浮かべる。

その瞳は、真っ黒だった。

◇

ケンジと駅のホームで対峙《たいじ》する。

相手の要求はいたってシンプルだった。

「聖杯渡してくれない？」

でも――。

「持ってねえよ。ていうかケンジ、お前、悪魔だったんだな」

「気づかなかっただろ。小学校の頃からなんだぜ」

どうやらケンジはかなりの長期間、悪魔として人間に紛《まぎ》れて生活していたようだ。

「肩身が狭いんだよ」

ケンジはいった。

「あまり目立つとエクソシストがやってくるし、本体は地獄で焼かれて苦しいし」

だから普段は大人しくしている。でも聖杯となれば話は別らしい。

「聖杯を使って俺の体をこっちに引っ張りこめば、怖いものはないからな」

「俺、ホントに持ってないんだけどな～」

「とぼけんなって。こっちは最初から力ずくでやるつもりなんだ」

「やるか～？」

俺はケンジに向かってファイティングポーズをとる。でも次の瞬間だった。主婦っぽいおばさんが、後ろから俺に組みついてきた。

「え、なに!?」

驚く俺に、おばさんは薄ら笑いを浮かべながら、「ごめんねえ」なんていう。

「どういうこと?」

なんていっていると、さらに、少年野球の格好をした小学生がバットで殴りかかってくる。しっかり二の腕のあたりを叩《たた》かれた。

「いって～!!」

俺はおばさんを振り払って、少年とも距離を取るんだけど、サラリーマンがカバンで殴りかかってきたり、スポーティーなお姉さんがゴルフクラブで殴りかかってきたり、ホームにいる人たちが次から次に襲ってくる。

それで、全員、薄ら笑いを浮かべて、「ごめんねえ」といっているのだ。

「なにこれ!?」

「俺は伝統的《トラディショナル》な悪魔だからな。人を操れるんだよ」

お前がよくみてる映画と同じだよ、とケンジがいう。

「まず心を読む。そして、そいつの恐怖をいいあてる。俺を怖いと思ったやつはもう、悪魔のいいなりだ。ああいう映画との違いは、俺はもっとダイナミックってところだ。こんなふうにな」

俺たちがいる駅は複数路線が乗り入れているターミナル駅だ。

ケンジがとなりのホームに向かって、手を叩く。すると――。

電車を待っていた大勢の人が、いっせいに笑顔で線路に向かって飛び降りはじめたのだ。

「あ」

と、思ったときには、電車がホームに入ってくる。

とんでもない光景だった。最悪のアトラクション、スプラッターって感じだ。

「すげえことするじゃん……」

「悪魔だからな」

ケンジは平静な顔でいう。

「早く渡せよ。でないと次はこっちのホームでやるぞ」

そういわれても俺聖杯持ってないし、でも聖杯渡さないと大変なことになるし、俺どうすればいいんだろ、俺！　って考えていたそのときだった。

「ん？」

ケンジが首をかしげる。

みれば、ケンジの胸からいつのまにか、日本刀が生えていた。

え？　と思いながらよくみると、ケンジの背後から髭《ひげ》を生やした貫禄《かんろく》のあるおじさんが、日本刀を突き刺していた。

「少年、もう大丈夫だ」

貫禄のあるおじさんがいう。

「俺の名前は仁《じん》、界隈《かいわい》では一の太刀の仁と呼ばれている。政府からの依頼も受ける不死者《ハン》狩《ター》りだ。かつて教会で修行もし、何体もの悪魔を倒し、若い頃は読者モデルの女の子とも――」

おじさんの言葉は途中で中断された。

ケンジが貫禄《かんろく》おじさんの首を折ってしまったからだ。ケンジは日本刀で刺されてもピンピンしていて、傷はみるみるうちに再生する。

「通過列車まで時間がないぞ」

「ケンジ、お前、最高に邪悪じゃねえか！」

でも――。

「自分語りおじさんのおかげでわかったことがあるぜ」

俺は小学生の手から金属バットを奪い取る。

ホームにいる人たちを助ける方法。それは――。

「てめえをぶっ倒せば解決するんだろ！」

そういって、ケンジにバットで殴りかかろうとする。

でも――。

バットがケンジに届く寸前で、なぜか体がとまってしまう。

「え？」

戸惑う俺に、ケンジが語りかける。

「いっただろ。恐怖を感じた人間を操れるって。電車のなかで、お前は俺に過去をいい当てられて恐怖を感じた」

それに、とケンジはつづける。

「もともとお前は俺に恐怖を感じていたんだ。お前、空気が読めないし、みんなができることできないだろ」

ケンジはいつも、どんなときも失敗しない。優等生って意味じゃなく、クラスメートとの会話や人付き合いもそつがなくて、これまで生きてきて恥をかいたことがないんじゃないかってタイプのやつだ。

それに比べて俺は、きっと他の人より失敗が多い。

ケンジのいったとおり、小学校のときにはダサいケンカをいっぱいしてしまったし、中学は遅刻だらけ、高校では文化祭の看板を汚したってことでみんなに白い目でみられた。

「お前は普通のことができない迷惑な半端野郎だ。それをわかってるから、学校から逃げだした。そんなお前からみれば、当たり前のことを当たり前にできる、普通の俺が最初から怖いんだ」

「アホみたいに人を殺しておいて、普通とかいってんじゃ――ねえよ！」

俺はもう一度ケンジに殴りかかる。でも、やっぱり、へにゃぁ、となって、まったく力が入らない。

「恐怖を感じた人間は、俺を傷つけることはできないぞ」

ケンジはそういいながら、貫禄《かんろく》おじさんの日本刀を拾いあげる。そして動けない俺の腹に、その刃《やいば》をゆっくりと突き刺してくる。

「いた、いたたたたたたっ！」

俺は激痛で、膝をつき、その場に崩れ落ちてしまう。そのとき、視線が低くなって、俺はそれをみつける。

ホームのベンチに、クロマリちゃんがちょこんと座っていた。

俺の視線を追って、ケンジもその存在に気づく。

「……なんだ、本当に持ってなかったのか」

ケンジはもう俺に興味を失《な》くして、ベンチに向かっていく。

クロマリちゃんは阿部《あべ》のときみたいに、その場から離れようと動きだすんだけど、なにせ二頭身のぬいぐるみだから移動スピードは超遅い。あえなくケンジに拾いあげられる。

ケンジはクロマリちゃんをつかむと、恍惚《こうこつ》とした表情を浮かべた。

「ついに聖杯が俺の手に……まるで夢みたいだ……」

ケンジはそのままホームの階段を登って、この場を去っていこうとする。

しかし、階段の途中で思いだしたように足を止め、こっちを振り返った。

「そうだ、はじめたことはちゃんと終わらせないとな。斑目《まだらめ》、お前みたいな半端ものにはわからないだろうが、そういう、コツコツした積み重ねが大事なんだ」

ケンジがそういった瞬間、周りにいた人たちが痛みで動けない俺をひきずって、線路に投げ落とす。そして彼らも線路に降りてきて、俺を押さえつける。

それだけじゃない。

ホームにいた人たちも、次々に線路に飛び降りてくる。

「ケンジ～!!」

遠くから、通過列車が走ってくる。

「じゃあな。ちゃんと学校こいよ。もうこれないと思うけど」

そういってケンジは去っていく。

列車はトップスピードでホームに入ってきた。

◇

線路に放り投げられてから一時間後、俺は華《はな》ちゃんの住むマンションの前にいた。

「今日はありがとうございました！　せ、先輩と一緒に観覧車に乗れて、まるで、その……とにかくありがとうございます！」

エントランスの前で、華ちゃんが頭をさげる。

「ちょっとボロッとしながら再登場したときは、びっくりしましたけど」

線路の上で、たくさんの人に押さえつけられていた。

通過列車がホームに入ってきて、俺、ぺしゃんこになるんだろうな～、なんて思った次の瞬間だった。体の奥底から力が湧きだして、俺は、体を押さえつけてくる人たちを振り払い、間一髪で脱出していた。

普通の人間の動きじゃなかった。

思いだしたのは、華《はな》ちゃんとデートすることになったときの、陛下の言葉だった。

『華を楽しませてこい』

陛下はあのとき、ぐっ、と力を入れたのだ。それが、発動した。デート中に死んでしまったら、華ちゃんを楽しませることができなくなるからだ。

俺の腹には日本刀で穴が空けられてしまっていたけど、それも問題なかった。痛みはあっても、体は勝手に動いて、コンビニに入っていった。

「さてはあれだな、裁縫セットを買って自分で縫っちゃうパターンだな！」

なんて思ったけれど俺が買ったのはホッチキスとガムテープだった。

「？」

勝手に支払いをする俺の体。コンビニをでたあと、俺の体はふらふらとトイレの個室に入っていった。まさか、と思ったときには服をめくってお腹《なか》をだして、ホッチキスを傷口にあてていた。

「ちょ、待って、いや、こういうの知ってるけど、くそ〜!!　いて〜!!」

俺は傷口をばちんばちんとホッチキスでとめていく。

陛下がいっていた。陛下の命令を受けたとき、俺の体はその目的を達成するために勝手に動く。でも、その行動の細部は俺の想像力、イマジネーションに依存している。

どうやら俺は乱暴なアクション映画の観《み》すぎらしい。

「もうドクター・ハウスしか観ないからな〜！」

そんな感じの応急処置で血を止め、俺は待たせていた華ちゃんを迎えにいった。そして、ホームの混乱で電車が止まってしまっていたので、少し距離を歩いて、華ちゃんを自宅のマンション前まで送ってきたのだった。

互いに今日のお礼をいいあい、じゃあここでお別れ、という感じになったときだった。

「あ、あの――」

華ちゃんは目を伏せながらいう。

「ま、斑目《まだらめ》先輩は立派な人です！」

「いきなりどうしたの？」

「生徒会長がいってたこと、気にする必要ありません」

電車のなかで、ケンジは俺の小学校からの失敗をあげつらった。でも――。

「斑目《まだらめ》先輩が小学校のときケンカをいっぱいしたのは、女の子を守るためです」

華《はな》ちゃんが顔を赤くしながらいう。

「クロマリちゃん大好きな女の子が、からかわれてたから」

「いや――」

「中学のとき、連日遅刻をしたのは、河川敷に捨てられていた猫のお世話をしていたからです。飼い主がみつかったあと、先輩は遅刻していません」

「まあ――」

「高校の文化祭の看板だって、クラスメートの女の子がうっかり汚して泣いちゃったから、自分がやったことにしただけじゃないですか」

「そうなんだけど……」

俺は照れくさくて頭をかく。

「ていうか華ちゃん、俺のことみすぎじゃない⁉」

「え、ちょえ、ちが、ちがいます！」

そういうんじゃないんです、と華ちゃんは顔を真っ赤にしながら両手をぶんぶん振った。

そして少しすねたような顔でいう。

「先輩が自分でいわないからです。だから私がいったまでです」

俺はなんだか恥ずかしくて、頭をかく。

「先輩は、そういうのが『粋』だと思ってるんですよね」

「どうだろうな～」

「エリさんとちょっと似てますよね」

「え？」

「だって、あの人も絶対説明したがらないじゃないですか。あれ、説明したら無粋だと思ってるんですよ」

たしかに陛下はその傾向が強い。

華ちゃんはつづける。

「先輩はマナーなんてすぐに習得しますよ」

「そうかな？」

「ええ。だって、陛下と同じなんですもん。口じゃなくて、行動で語る。マナーだってそうじゃないですか」

「俺も陛下も、強情なんだろうな」

ちがいます、と華ちゃんはいう。

「クラシックなだけです」

俺は少し黙る。そして――。

「――華ちゃん、門限は大丈夫？」

あまりに華《はな》ちゃんが俺を褒めるものだから、こそばゆくなって、俺はいった。

「お父さん、心配してるんじゃない?」

すると——。

「父は、遠くにいますから」

華ちゃんは少しトーンを落とす。

「そっか。海外にいるんだっけ? 年末だし、帰ってきたりしないの?」

俺がきいたところで、華ちゃんは少し気まずそうにいった。

「実は………父は亡くなったんです」

「え?」

「いわなきゃ、ってずっと思ってたんですけど……」

華ちゃんのお父さんは、華ちゃんが小さい頃からずっと、仕事で海外を転々としていたらしい。

「あまり家族のことをかえりみない人だったんですけど、私がクロマリちゃんを好きだったことだけは覚えていて」

それで毎年、誕生日やクリスマスにはクロマリちゃんのグッズをプレゼントとして送ってきたのだという。

「成長して私の好みが変わってるかもしれないのに。きっと、私のことずっと子供のままだと思ってたんでしょうね。父らしいです」

そんなお父さんが秋に倒れた。病気が進行していて、検査を受けて判明したときにはすでに手遅れだったらしい。お父さんは華ちゃんに手紙を書き、クロマリちゃんのぬいぐるみキーホルダーと一緒に送り、そのまま現地で亡くなったという。

「ごめん。変なこときいちゃって」

俺が謝ると、華ちゃんは首を横にふる。

「いえ、いわなかった私がわるいんです」

華ちゃんはいい子だから、重い気分にならないよう気をつかってくれていたのだろう。その気づかいはさらにつづく。

「父は今まで、たくさんのクロマリちゃんをくれました。だから、今回のやつ、無理して探さなくていいですからね。斑目《まだらめ》先輩も大変なことになっちゃいましたし」

俺はなにもいえない。

こういうときのスマートな振る舞いを、俺はまだ習得していない。

華ちゃんはとても明るく、元気な表情でつづける。

「物より思い出ってやつです。ひとつくらいなくたって平気なんです」

それから華ちゃんは今日のお礼をいっぱいいってから、「それでは！」と手を振ってマンションの中に入っていった。

◇

華《はな》ちゃんとのデートを終え、英国屋《えいこくや》に戻る。

陛下はソファーに座ってチョコレートを食べながらマンガを読んでいた。

「紅茶かコーヒー、淹《い》れましょうか？」

俺がいうと、陛下は、「コーヒー」といった。俺は一階の木下珈琲《きのしたコーヒー》店で買った珈琲豆を挽《ひ》いて、サイフォン式でたっぷり時間をかけてコーヒーを淹れた。

カップをテーブルに置いたところで、陛下がきく。

「ちゃんと華を楽しませてきたか？」

「ええ」

「そうか。ならばよし」

陛下は満足そうにうなずく。そして俺をみる。

俺の服はちょっと破れてるし、髪はボロッとしている。

「なにかあったのか？」

しれっとした顔の陛下。俺は少し考えてからこたえる。

「たいしたことは、なにも」

それから俺も陛下のとなりに座ってコーヒーを飲み、チョコレートを食べ、マンガを読んだ。ページをめくる音と、アンティークな柱時計の秒針の音だけが部屋を満たす。

陛下との静かな時間。

でもそのうち、なんだか外が騒がしくなった。サイレンが鳴り、時折、悲鳴がきこえる。スマホでSNSをチェックしてみれば、どうやら都内のあちこちで集団自殺が発生しているらしい。自殺配信までいっぱいやっていて、大混乱のようだった。

「これ、もしかして——」

「悪魔の前夜祭だろう」

陛下はマンガから目を離さずにいう。

「ラビから連絡があった。アスモデウスという名前付きの悪魔が聖杯を手に入れたらしい」

聖杯の力を使って、地獄の本体を人間の世界に招き入れる。

浮かれた悪魔が、その前夜祭をやっているのだろうと陛下はいった。

「そのアス——なんちゃらってやつ、心を読んだりします？」

「心や過去を読んで、相手の恐怖の対象をいいあてる。恐怖を克服できなければ、アスモデウスの支配下だ」

「ところでこれは？」

俺はテーブルの上に目をやる。マンガの他に、数丁の拳銃と、たくさんの弾丸が無造作に置かれていた。十字架の刻印がされた金色の弾丸だ。

他にも、それっぽい小瓶に入った水や十字架、聖書っぽい本もある。

「ラビのいいつけでフライデーが届けてくれた」

俺は回転式拳銃を一丁、手にとってみる。

「俺、別にもう、クロマリちゃんを取り返さなくてもいいんですよね」

「華《はな》とデートしたからな。私は約束を守る」

回転式拳銃をふって、シリンダーを外側にだす。

「今日、不死者狩りの人に会いました。きっとああいう人たちがいっぱいいて、そのなかにはすごく強い人もいるんですよね」

「そうだな」

陛下は相変わらずマンガを読んでいる。

「そのうちエクソシストがやってくるだろうし、この国にも不死者を取り締まる国家機関がちゃんとある——」

「へえ〜」

俺は銃弾をひとつ、シリンダーのなかに入れてみる。

「きっと、悪魔や聖杯のことも、俺がなにもしなくても、その人たちがきちんと片づけちゃったりするんでしょうね。世の中の多くのことが、俺がかかわらなくても全然平気なのと同じように」

「だろうな」

陛下はまだ視線をマンガから外さない。

「ヒーローはいつもしかるべき場所にいて、小市民のひとりが大事を憂えて行動する必要はない。それが現実だろう」

俺はまたひとつ、銃弾をシリンダーに入れる。それを繰り返していくうちに、シリンダーは金色の弾丸でいっぱいになる。

「名前付きの悪魔ってのは、めちゃくちゃ強いんですよね」

「とても強い。手練《てだ》れが集まれば倒せるだろうが、ただでは済まないだろう」

「恐ろしいですね」

俺は銃弾でいっぱいになったシリンダーをくるくると回す。

「陛下、俺に命令するとき、ぐっと力入れますよね」

「ああ。ぐっと入れる」

「ぐぐっと力入れたら、どうなります?」

そこで陛下はマンガを閉じる。

「楽勝だ」

そのきれいな顔を向けて、俺の目をみながらいう。

「アスモデウスなんて簡単にやっつけられる。調子のりのりでいい。謙虚さなんて必要ない。お前は女王の尖兵《せんぺい》として、思うままに力を振るえばいい」

「そうですか」

俺は銃を振って、シリンダーを戻し、装填《そうてん》を終える。いつでも引き金をひける。

「正直、あんま実感ないんです。聖杯とか、悪魔とか、話がデカすぎて。悪魔が人間界にでてきたら大変なことになるってのはなんとなくわかるんですけど、でも、それもきっと、ニュースのなかの出来事みたいに、他の誰かが防いでくれるから俺がやる必要ないって、心の奥底では思ってるんです。でも――」

俺は思いだす。

華《はな》ちゃんが、俺が言葉にしなかった行動をちゃんとみていてくれたことを。

華ちゃんが別れ際にみせた、俺に無理させないための笑顔を。

だから、俺はいう。

「俺、スーツ着て煙草《たばこ》いっぱい吸いながら、銃ぶっ放して悪魔をやっつけるタイプの映画、超好きなんですよね」

「この映画好きめ」

これ以上の会話は必要なかった。俺たちが信じるのは行動で、言葉はいつもシンプルだ。

陛下はソファーから立ちあがり、そしていう。

「悪魔を倒せ。女王陛下の名の下に」

俺はひざまずく。

「イエス、ユアマジェスティ」

◇

月のない夜、六本木《ろっぽんぎ》の高級ホテル、エントランスの前に陛下と立つ。

このホテルは悪魔の経営で、ケンジこと悪魔アスモデウスもここにいるらしかった。

ガラス越しに広々としたロビーがみえる。

大理石の床、瀟洒《しょうしゃ》なシャンデリア、赤い絨毯《じゅうたん》、二階のプロムナードへと続く大階段。

その至るところで、着飾った男女が、グラスを持って楽しそうに談笑していた。

「めっちゃ浮かれてますね～」

「もうすぐ人間の世界が自分たちのものになると思っているからな」

「ここにやる気まんまんの二匹のギャングがいるとも知らずに」

「そういうことだ」

俺と陛下は白いシャツに黒のネクタイ、そして同じく黒いスーツの上下という格好をして、口にはペロペロキャンディをくわえている。

「さて、ちゃちゃっと片付けるか」

「やりますか～」

俺と陛下がエントランスに近づくと、客だと思ったドアボーイが分厚い扉を開ける。

なにくわぬ顔でロビーを歩いてシャンデリアの下までいく。

客だと思ったようで、ウエイターがやってきて、トレーからシャンパングラスを陛下に手渡す。陛下はそれを飲み干すと、グラスをフロアに投げ捨て、それが割れる瞬間、銃を抜いてウエイターの額を撃ち抜いていた。

「パーティーは終わりだ」

陛下はシャンデリアの下、キメ顔でいう。

「ここからは悲鳴でクラシックを演奏してもらう」

「陛下、めっちゃ悪党っぽいじゃないですかぁ～」

「今夜の私は小洒落《こじゃれ》た悪党だ」

陛下の銃声で、ロビーにいた優雅な男女がいっせいに銃を取りだす。当然、彼らの目は真っ黒だ。

赤いドレスの女が銀色の小さな銃を構えて、叫びながら陛下に向かってくる。

陛下は容赦なくその女の脳天を撃ち抜いた。

それが合図だったかのように、悪魔たちが陛下に殺到する。

陛下はテンポよく悪魔をばんばん撃っていく。投げ飛ばして、弾をこめなおして、背面で撃ったり、銃をくるっとまわしたりもする。

「私は西部開拓時代のアメリカにもいたことある」

「ホントですかぁ～?」

なんてやってると、二階のプロムナードから、SPっぽい黒ずくめのガタイのいい男ふたりが大階段を駆けおりてくる。手には大口径の拳銃。

俺の体は大階段を駆けあがり、そいつらの靴のつま先を撃って、こけたところで、眉間と左胸に一発ずつ撃ちこんでいく。

「俺、めっちゃ殺意の高い殺しかたするじゃん……こわぁ～」

なんて自分で自分に感心しているヒマもなく、そのまま二階のプロムナードにあがって、向かってくる悪魔たちの額、首、胸、腹と正中線に沿ってしっかり弾を撃ち込んでやっつけていく。

だいたいやっつけたあとで、ロビーをみると、陛下が囲まれている。

「うお～!　忠臣蔵～!!」

俺は陛下を守るべく、手すりを蹴って、陛下の頭の真上にあるシャンデリアに跳ぶ。そしてシャンデリアに足をかけて、天井から逆さまになりながら陛下の背後の敵を撃つ。そこから陛下のとなりに着地する。

「斑目《まだらめ》！」

「陛下！」

俺たちは背中あわせになって群がる紳士淑女の悪魔諸君を撃ち倒していく。

気づけば立っているのは俺たちだけになっていた。

「陛下」

俺はロビーに倒れる悪魔の山をみながらいう。

「めっちゃノリノリじゃないですか～」

「私はノリのいいタイプの陛下だからな」

相変わらず本気か冗談かわからない顔でいう。

そのときだった。

陛下が突然、俺に銃を向ける。

「え？　お、俺、調子のりすぎました？」

銃声。でも俺は無事。

背後で、シャンデリアの落ちる音。みればガラスの下で俺に銃口を向けた悪魔がのびていた。

「あ、ありがとうございます」

「あと十分しかないぞ」

陛下が胸ポケットから懐中時計を取りだし、俺の首にかける。

時計の針は午後十一時五十分を指している。

「〇時までだ」

「え？　陛下の能力、シンデレラなんですか？」

「そんなロマンチックなわけないだろ」

陛下は目を細めて俺のお腹《なか》に視線を送る。

白いシャツに、血がにじんでいた。ホッチキスでとめた傷だ。流れでる血はけっこうえぐい量で、いわれてみれば視界がぐらぐらしている。

「あと十分で俺、倒れちゃうんですね」

「そうだ」

俺が強くなるのはきっと、命令を受けると陛下の力が流れこむからだ。だから、そういったつながりから、陛下には俺の体の状態が正確にわかるのだろう。

「聖杯を守るために名前付きの悪魔が四体集まってきているとラビがいっていた」

「なるほど。この懐中時計がタイムリミットというわけですね」

まあ、大丈夫でしょう、と俺はいう。

「ヒーローが三分なら、小粋なギャングには十分がちょうどいい尺じゃないですか？」

「私は尺を意識したことがない。いつも時間はたっぷりある」

「陛下の不老不死ギャグってツッコミにくいんですよね～」

そして俺たちは最上階の大ホールにたどり着く。

重い扉を開けてなかに入ってみれば、そこでは立食パーティーがおこなわれていた。談笑している大勢の悪魔たち。一番奥にはステージがあり、ケンジがそこでマイクを手にしていた。

「ケンジ～‼」

「斑目《まだらめ》！」

ケンジは俺をみながら笑う。

「ずいぶん顔色がわるいじゃないか。腹から向こう側の景色がみえそうじゃん」

「くそ～、なんでいつもそうやって頭いいっぽいセリフ吐きながら人の痛いとこも突いて、自分を優位に立たせてマウントとるなんて絶妙に芸術点高いことできんだよ～！」

口喧嘩《くちげんか》でケンジに勝てるはずがないから俺はとりあえず一発ぶん殴ろうと思ってステージに向かって歩きだす。

でも、いっせいに立食パーティー中の悪魔たちが大小それぞれ銃火器をかまえて撃ってくる。

俺はフロアに伏せると同時に、テーブルの向こう側にみえる足を順に撃っていく。倒れるやつ、しゃがみ込んだやつの頭を撃って、何体か倒す。

陛下はテーブルの上にあったワインをグラスに注いで飲んで、うんうん、とうなずいている。次の瞬間、銃弾が飛んできて手に持っていたグラスが割れ、眉間にしわをよせて不機嫌そうな顔をする。

悪魔たちはテーブルを倒して、それを盾にしながら銃を撃ちはじめる。

「おい、斑目《まだらめ》」

陛下が俺の胸元、ぶらさげた懐中時計を指しながらいう。

「時間がないぞ。あと五分くらいじゃないのか？」

「え？　ワイン飲んでた人がそれをいうんですか!?」

なんていいつつも、俺と陛下は猛然とダッシュして、相手がつくったテーブルのバリケードの向こう側に飛び込んでいく。

そしてそのまま、両手で持った銃で撃ちまくる。

すぐに俺の銃の弾がなくなる。それで俺がしゃがむと、今度は陛下が俺の背中を飛び越えて前にでて撃ちまくる。で、弾がなくなったところで俺が前にでる。

リロードと前進を繰り返す。

でも、ふと思う。

「陛下」

俺はシリンダーに弾を込めながらきく。

「なんで俺たち、リボルバー使ってるんですか？」

リボルバーはいわゆる古い世代の銃だ。現代では、もっと連射がきいて、もっと装弾数の多いオートマチックの拳銃がスタンダードだ。

にもかかわらず、なぜ隙の多いリボルバーを使うのか。

陛下は冷静に銃を撃ちながら、確信のある口調でこたえた。

「オートマチックは品がない」

「けっこう不便ですけどねえ！」

そんな軽口をいいながらも、ステージにあがったときには、俺はずっと立《た》ち眩《くら》みがつづいているような状態だった。

白いシャツの下のほうが真っ赤に染まっている。アドレナリンがでまくってるから平気だけど、普通はもう立ってられない状態かもしれない。

「あと三分といったところか」

陛下がいう。

「ヒーロータイム突入ですね」

俺はケンジに向かっていく。でもケンジはポケットに手を突っ込んだままだ。取り巻きが倒されたのになんか余裕な顔してて、そして、いう。

「斑目、その女を殺せ」

「は？」

俺が陛下を殺すわけないだろって思うんだけど、俺の体は勝手に陛下に銃口を向けていた。理由は簡単だ。

「忘れたのか？　お前は俺に恐怖を感じた。つまり、俺の支配下にいるんだ」

ケンジは陛下に向かっていう。

「お前も斑目《まだらめ》を使っているようだが、勝つのは俺の能力だ。当たり前だろ。お前は斑目の自由意思を残している。俺の能力は完全に支配する。これから人間を支配するときは、抵抗する気が起きないよう、完全に心を折っておくんだな」

多少、銃身がぶれるものの、銃口は陛下のほうを向いたままだ。

陛下はなにもいわない。

「斑目、早くやれ」

ケンジが俺に近づいて、耳元で囁《ささや》く。

「お前みたいな半端ものは、誰かになにかいわれて、そのとおりにやってくしかないんだ」

俺の手が震える。震えながらも、引き金に指がかかって――。

銃声。

「ははは、斑目、お前は本当に情けないやつだ。仲間を撃って――え？」

ケンジは笑ったあとで、驚きながら自分の腹をみる。

「はぁ～？　なんでだぁ～？」

ケンジのシャツが、俺と同じように赤く染まっていた。

俺が撃ったのはケンジだった。

「なんで、なんでてめえが自由に動けてんだよ！」

ケンジの顔が怒りと苦痛で歪《ゆが》む。

「そりゃあ、お前のことが怖くないからだろ」

俺はいう。

「ケンジにいわれて、最初はそうだと思ったんだ。俺って、人や社会が怖くて、学校を逃げ出したのかも、って。でも別に俺、そこまで学校のことキライじゃないし」

それで思ったのは――。

「俺が本当に怖かったのはさ、俺が信じてることが、誰にも理解されないんじゃないかってことだったんだよ」

クロマリちゃん大好きな女の子を守ってたら、野良猫の世話してから学校いってたら、気弱なクラスメートをかばったら、問題児扱いされてた。

理由を説明すればちがったのかもしれない。

でも、そういうのを自分で声高にいうのはちがった。

「そういうのって、粋じゃないからさ」

SNSとかで、私こんなすごいことありました、こんなすごいことできました、みたいなやつめっちゃある。謙虚さのパウダーを少しだけ表面にまぶして、自分の凄《すご》さ、正しさをめっちゃアピールする。もちろん、ネットだけじゃなくて、現実でも。

「ああいうの、俺にとってはめっちゃ無粋なんだ。だからやりたくないんだ。なにもいいたくない」

「黙ったままで俺をわかってくれなんて、ガキの発想だろ」

「そうなんだ。きっとアピールして、主張すべきなんだ。ほとんどの人たちがやってるから、きっと、そっちのほうが現代的で多数決ならそっちが勝つ。だから、俺の信じてるものって、誰にも理解されないままかも、って思って、ちょっと怖かった」

「なんでそれをもう克服してんだよ」

「わかってくれる人、いたからさ」

華《はな》ちゃんは俺のことをずっとみてくれていた。そして、俺のこの、ともすれば自分ルールとか、もっと周りにあわせろよといわれそうな行動原理を、クラシックと呼んでくれた。

そして華ちゃんのいうとおり、俺と陛下は少し似てる。

陛下も自分の美意識と行動規範を強く信じている。陛下がテーブルマナーもおぼつかない俺を隣においているのは、きっとそういう似ている部分があるからだ。

「自分のことわかってくれる人がそばにいたら、なんか、全部怖くなくなった」

「いや――」

ケンジはあきれた顔で、めちゃくちゃ普通なことをいう。

「たったふたりじゃん……」

「わかってねえな～」

俺はいう。

「美人なお姉さんと！　かわいい後輩が味方だったら！　全部オッケーになるんだよ！」

「この頭シンプル野郎～！」

「そいつは誉《ほ》め言葉だぜ。俺は！　お前みたいな小賢《こざか》しい頭でっかちになりたくないからな～！」

俺はケンジに銃口を向けて近づいていく。するとホテルにまだ残っていた悪魔たちが部屋に入ってくる。

「おい、お前ら、早くこいつを殺せ！」

ケンジが声をあげる。

「お前、本当に自分の手を動かさないよな」

「それがどうしたっていうんだよ」

「そういうやつが相手だと、すげ～アガるっていってんだよ！」

俺はステージにあがってきた悪魔を蹴っ飛ばしながらケンジに迫る。

「早く片づけたほうがいいぞ」

陛下も応戦しながらいう。

「時間がない」

俺は首から下げた懐中時計をみる。もう、一分を切っていた。たしかに右足引きずっちゃってるし、目をあけているのもつらくなってきた。

「やめろ、くるな」

ケンジが逃げ腰になりながらいう。

「俺は悪魔だぞ。もっと恐れろ、怖がれ！」

「全然、効かねえよ。俺は怒ってるからな」

昼間、ケンジは華《はな》ちゃんを傷つけ、たくさんの人を殺した。

「俺はいつも、かっこつけてキャッチーなテンション気取ってるけどよお〜」

俺はいう。

「本当は！　俺は！　無意味に誰かが傷つけられるようなことが、あっちゃいけないって思ってるんだよ！　ケンジ、お前はやりすぎだ！　このバカ！」

銃口をむける。でも、ケンジはそこで、へらっと笑う。

「なんだ、アナーキストを気取ったモラリストだったのかよ。じゃあ、こういうのはどうだ？」

俺とケンジのあいだに、丸腰の、いかにも普通の人間ですといった人たちが割って入ってくる。彼らは、「ごめんねえ」と謝りながら向かってくる。

「そいつらは人間だぞ」

ケンジがいう。

「正義のヒーローはどうする？　それとも口だけか？」

「ケンジ、邪悪なわるあがきしやがって！」

俺はその人たちに対して、なにもできない。体をつかまれて、もみくちゃにされるうちに、銃までとりあげられてしまう。

それでも、組みついてくる人たちをひきずって、ケンジを殴りとばす。

ケンジは頬《ほお》をおさえながら笑う。

「悪魔を素手で倒せるわけないだろ」

そのとき、俺はポケットに聖書を入れていたことを思いだす。銃がないならこれしかない、やるか伝統的な悪魔祓《ばら》い！　って思って、聖書を開いてなんか唱えようとするんだけど、聖書は英語ですらなくて、なんか難しそうな字で、まったく読めない。

「お前は神父じゃないだろ」

ケンジに殴り返される。

「だったらこれはどうだ！」

俺が聖書でケンジを殴ると、ケンジは、「いたっ」と声をあげる。

「効いてるみたいだな〜!」

「人間的な痛みの話だよ!」

俺とケンジはつかみあいになる。

もう時間がない。あと十秒もないんじゃないかって思う。俺の腹からはアホみたいに血が流れだしている。

ケンジが俺の腹の傷に蹴りを入れてくる。

「いってぇぇぇぇぇ!」

俺は叫びながら、聖書をケンジの口のなかにねじこむ。

「悪魔が腹んなかに聖書ねじこまれたら、すっげ〜アレルギーおこすんじゃないの!」

ケンジがなにか言い返そうとしてるけど、聖書ねじこんでるから、なにいってるかわからない。

俺は勢いそのままに、壁際にケンジを押しつけて、ぐりぐり聖書を押しつける。

ケンジは俺の傷口を蹴ったり殴ったりする。

そして懐中時計の残り時間がほとんどなくなったところで——。

「斑目《まだらめ》」

他の悪魔と戦っていた陛下が、自分の銃を俺に向かって投げる。

俺はそれをキャッチして――。

ケンジの額を撃ち抜いた。

◇

「陛下、知ってました？」

俺は仰向《あおむ》けにフロアに倒れていた。

「天井、ステンドグラスになってたんですね」

最上階のホールには天窓があって、そのガラスには、いかにも天使降臨って感じの絵が描かれている。

「悪魔ってこういう洒落《しやれ》たジョークをやるイメージありますよね。腹立ちますよ～」

悪魔の死体がそこらじゅうに転がっている。

陛下は椅子を持ってきて、そこに腰かけていた。

「ラビとフライデーに迎えにきてもらおう」

なんてやりとりをしていると、大勢の足音が近づいてくる。ホールに入ってきたのは悪魔たちだった。新手だ。いかにも風格のあるスーツ姿の紳士や、男たちを従えるきれいな赤いドレスの女が、堂々とした足取りで俺たちを取り囲む。

「もしかして、こっちに向かってるっていっていた四体の名前付きの悪魔ってやつですか？」

「だろうな」

絶対そうじゃん、って思う。悪魔を率いる四人のリーダーのなかに、テレビでよくみかける政治家もいた。悪魔の黒幕って感じだ。

陛下がそいつらをみながらいう。

「アバドン、ザミエル、マモン、リベザル」

きっと、悪魔の名前だ。

「陛下」

「なんだ」

「俺に命令して、無理やり動かしたりできます？」

「無理だ」

「私の力はお前の忠誠心に依存している」

陛下はいう。

「そうなんですか？」

陛下はうなずく。

「お前が忠誠を誓えば誓うほど、私は力を得る。私の力が強くなると、お前に渡せる力も強くなる」

「つまり、俺と陛下の永久機関ですね」

「全然ちがうだろ」

陛下はあきれた顔をしながら、俺を指さす。

「お前はもうすぐ意識を失い、忠誠心というものが観測できなくなる」

そうなると――。

「私はただセンスがいいだけの陛下だ。戦闘は無理だ」

どうやら、抵抗は難しいようだった。

紳士のツラをした悪魔が指を鳴らす。

同時に、俺たちを取り囲んだ悪魔たちがいっせいに襲いかかってくる。俺は体を動かそうとするんだけど、まったく力が入らない。もうダメか、と思う。でも、そのときだった。

天窓から、光が射《さ》した。

瞬間、ステンドグラスが割れ、白いコートを着た女の人が色とりどりのガラスの破片と共に降ってくる。

ガラスの破片は、俺に降りそそぐまえに、空中で停止する。

女の人は音もなく俺のとなりに着地する。

「とても大きな正義の心を持っているね」

俺の額に手をあてていう。

「君、最高だよ」

そして、余裕のある表情で辺りを見まわす。襲いかかってきた悪魔たちが、降りそそぐガラスの破片と同じように、その動きを止めていた。

「時間が止まっているわけじゃないよ。私が速く動くと、こうなるんだ。時間の進みに歪《ゆが》みが生じちゃってね」

たしかに、ゆっくりではあるが、動いている悪魔もいる。

「さて、やろうか」

女の人が剣を抜く。柄《つか》から刀身まで、全てが真っ白な剣だ。

そして次の瞬間、その姿がみえなくなり、周囲に一筋の閃光《せんこう》が走る。

女の人が再びあらわれ、剣を鞘《さや》に納める。

同時に、大勢の悪魔がフロアに崩れ落ちた。四体の、名前持ちの悪魔もだ。

生き残った悪魔たちもそれなりにいるが、腕が切り落とされたりしていて、深手を負っている。

そこに、ホールの入り口から女の人と同じような白いコートを着た集団が入ってきて、悪魔の残党を取り囲む。

組織だ。

構成員と、それを率いるリーダーっぽい人が数人いる。

「中務省陰陽寮《なかつかさしょうおんみょうりょう》所属強行一課、一番隊隊長、白川京子《しらかわきょうこ》です」

白い剣の女の人が、悪魔の残党に向かって名乗りをあげる。

「あなたたちには地獄に帰ってもらいます」

「大天使ミカエルの名の下に」

■第三章　天使隊

数日間、入院して、年末には退院した。

大晦日《おおみそか》は英国屋《えいこくや》でコタツをだし、ミカンを食べながら陛下と一緒に紅白をみた。途中、華《はな》ちゃんもやってきて、みんなで除夜の鐘をききながら神社の初詣の列にならんで、帰ってきてから年越しそばを食べた。

元旦からは陛下の命令でさっそく初売りにならんだ。陛下はカフェによくいくだけあって、限定のタンブラーだとか、お得なドリンクチケットの入った様々な店の福袋を欲しがった。俺は長蛇の列に全部ならんだ。

初売りにいく以外は、だいたい寝正月だった。ふたりで半纏《はんてん》を着てコタツに入り、だらだら正月特番をみつづけた。

そして、コタツが片付けられ、世間も動きだした四日のことだ。

半纏姿からいつもの洋装にもどった陛下が、ソファーに座りながら、釣《つ》り竿《ざお》をいじっていた。

「釣り竿？」

俺がきくと、陛下は真顔でこたえる。

「これで、ぬいぐるみを釣ろうと思ってな」

「クロマリちゃんですか」

これには事情がある。

六本木《ろっぽんぎ》のホテルで、俺たちはケンジを倒した。

でも、聖杯は取り逃がしてしまったのだ。

どうやら聖杯の価値は人や不死者を変えてしまうらしく、まず、ケンジに見張りを命じられていた悪魔の手下が聖杯を独り占めしようと、俺たちが戦っている最中に聖杯を持ちだした。

その悪魔はそんなに強くなくて、その辺をぶらぶらしていた不死者狩りがやっつけた。

この後が問題だった。その不死者狩りもまた、聖杯を持って自分の家にたてこもったのだ。不死者狩り協会の偉い人たちがやってきても、これは俺のだ、と渡さなかったらしい。

結局、たくさんの不死者狩りが家を取り囲み、なんとか聖杯を取り返した。でも、その場にいた不死者狩りたちのあいだで、聖杯を巡ってまた争いがはじまった。

このあたりの事情はテーラーでラビが教えてくれた。

「たしかに目の前に一億円あったら人格変わっちゃいますよね～」

話のつづきとしては、不死者狩りたちの誰も、聖杯を手に入れることはなかった。

戦いの混乱に乗じて、クロマリちゃんがちょこちょこと歩いて逃げだしたからだ。

そして今もクロマリちゃんは誰にもつかまらず、都内をふらふら移動している。けっこうな頻度で目撃され、その動画がＳＮＳにもあげられて、生きてるクロマリちゃんとしてカルト的な人気になっていた。

若い女子たちのあいだではクロマリちゃん探し隊も結成されている。

つまり、クロマリちゃんを誰よりも早くみつけだし、確保しなければいけない状況というわけだ。そこで陛下が選んだ手段は――。

「釣りだ」

英国屋《えいこくや》のリビング、釣り竿《つりざお》を振りながら陛下がいう。

「釣りですかぁ～？」

「クロマリちゃんを釣りあげる」

釣り糸の先には、白とピンクのかわいらしいぬいぐるみがぶらさげられていた。

これは――。

「ユルマリちゃんだ」

陛下がいう。

「きけばクロマリちゃんはこのユルマリちゃんとセットらしいじゃないか」

「そうですそうです。たしかユルマリちゃんが主人公ポジだったはずです」

クロマリちゃんは最初、ユルマリちゃんとセットで売りだされていた。白とピンクがトレードカラーのユルマリちゃんと、黒と紫がトレードカラーのクロマリちゃん。

たしかアニメもつくられていたはずだ。

「ひとり街をさまようクロマリちゃん。寂しさを感じる夜もある。そんなとき、仲間であるユルマリちゃんをみかけたらどうする？」

「とりあえず抱きつく気がします」

「そこを釣りあげる」

「陛下――」

俺は陛下をみながらいう。

「天才の発想じゃないっすかぁ」

「だろ？」

陛下は得意げに胸をはる。

「斑目《まだらめ》のぶんもあるぞ」

陛下が釣《つ》り竿《ざお》を手渡してくる。

「熟練の釣り人ほど、竿をいっぱい用意して釣れる確率をあげるといいますからね」

「そういうことだ」

◇

ということで、さっそく俺たちは釣り竿を持って英国屋《えいこくや》から繰りだした。スポットを分けたほうが釣れる確率はあがるだろうということで、陛下はついでにアザラシをみにいくかと、水族館のある品川《しながわ》へと向かった。

俺はたい焼きが食べたくなって人形町《にんぎょうちょう》へと足を向けた。

結果、人形町の店の軒先で、野点傘《のだて》の下、赤い床几《しょうぎ》に座り、たい焼きを食べながら、通りに向かってユルマリちゃんを釣り糸で垂らす俺の図ができあがった。

「釣りって忍耐だよな……」

俺は釣り竿に鈴をつけて、獲物がかかるのを待つ。

あまりに退屈なので、串団子も食べる。お茶も飲む。一杯が二杯になり、二杯が三杯になり、そうして小一時間ほど過ぎたときだった。

鈴が、鳴った。

「きた！」

俺はお茶を飲み干し、茶団子を口に放り込んで竿を持つ。引きがめちゃくちゃ強い。これは大物だ。

「うぉぉぉぉぉ！　釣れてクロマリちゃぁぁぁぁぁん！」

叫びながら竿を引く。ていうかそもそもここは陸上だったことを思いだし、釣り糸の先をみる。すると——。

まぶたや鼻に、いっぱいピアスをつけたこわもての男がユルマリちゃんを握っていた。

「聖杯を渡せ」

目が真っ黒で悪魔だとわかる。どうやら変なもん釣っちゃったらしい。

「ていうかぁ、情報古いですよぉ……俺、持ってないしぃ……そもそもあの映像もぉ、俺に化けたやつが持ってただけだしぃ……今、陛下もいないんでぇ、明日きてくださいっていうかぁ……」

悪魔の男は俺のいうことを無視してつかみかかってくる。

「ちょっと待って！　ほんとムリだから、今、そういうタイミングじゃないから！」

なんていいながら逃げだそうとしたときだった。

男の眼球がくりんと上をむいて、そのまま地面に倒れる。

なにが起きたかと思っていると、その後ろに剣を持った女の人が立っていた。

「やあ、斑目《まだらめ》くん」

女の人が手をあげる。

「元気してる？」

「ええ。白川《しらかわ》隊長もお元気そうで」

ホテルの最上階で、俺たちを助けてくれた人だ。

ステンドグラスを割って舞い降りてきた、天使みたいな女の人。腹に穴の空いた俺のために救急車の手配をしてくれて、入院してるときも、何度かお見舞いにきてくれた。

都庁の爆発も、姿を変える悪魔のしわざだと説明したら、映像を検証したうえで、俺の指名手配を解いてくれた。翌日には、あの映像はフェイクだったと全国ニュースで流れて俺は無罪放免となった。

世間の人たちの反応は、高校生が犯人じゃなくて、ちょっとつまらなそうだった。

「まったく、みんないい加減だよね」

白川隊長はそういって笑っていた。

折り目正しい雰囲気の、顔つきにちょっと幼さの残るきれいなお姉さん。

最近、二十歳になったといっていた。

そんなお姉さんと、釣竿を持った昼下がり、人形町《にんぎょうちょう》で再会。

「今日はどうしたんですか？」

俺がきくと、白川隊長は床几《しょうぎ》に腰かけ、俺の食べかけの団子を口に入れる。

「今日はねえ――」

白川隊長は、団子でほっぺをふくらませながら、いたずらっぽくいった。

「斑目くんとデートしようと思って」

「えぇっ、俺と!?」

俺は思わず驚いてしまう。

陛下をミステリアスな美人と呼ぶなら、白川《しらかわ》隊長はストレートにきれいな人だ。

つまり、いうことなんでもききたくなるビジュアル強めのお姉さん。

デートとか、超したい。でも、ここで「はい！」と勢いよく返事してしまったら、なんとなく陛下に後ろめたいような気がする。

陛下と白川隊長はコントラストがある。陛下は黒いコートをよく着るし、白川隊長は名前のとおり白いコートを着ている。

俺は黒である陛下に忠誠を誓っているというか、少なくとも陛下はそう思ってるわけで、じゃあここで正反対の空気を持つ白川隊長とデートにいくのはどうなんだろう。

それに、華《はな》ちゃんのこともある。

俺だってそんなに鈍感じゃない。まだどうこたえていいかわからないから、ふわっとさせてしまっているけど、クリスマスデートで、華ちゃんの気持ちも伝わっている。

陛下とコンビを組んで、華ちゃんともいい感じなのに、白川隊長にデートに誘われて喜ぶのはさすがによくない。

俺はいつもとぼけたふりして、なんてことないって顔してるけど、陛下と華ちゃんのことをどっちも大事に思ってるし、どうせいうことをきくなら美人がいいってのはかっこつけていっただけで、いくら白川隊長が陛下や華ちゃんとちがって、くせのないパーフェクト美人だからって、そう簡単にほいほいと――。

「ねえ斑目《まだらめ》くん」

白川隊長が細い眉を困ったように寄せて、少しかなしそうにいう。

「私とデート、してくれないの？」

「します!!」

◇

入院していたとき、病室でいろいろなことをきいた。

いつか陛下がいっていたとおり、日本にはちゃんと不死者を取り締まるための国家機関があった。それがホテルで白川隊長が名乗った中務省陰陽寮《なかつかさしようおんみようりよう》だ。

中務省陰陽寮は平安時代の律令制《りつりようせい》のときに設立された機関で、それが非公式にずっと存続しているらしい。これを教えてくれたのは白川隊長ではなく、白川隊長の部隊に所属する、副隊長の柳下遥《やなぎしたはるか》さんという女の人だ。

柳下さんは目の下に泣きぼくろがあって、ちょっと薄幸そうな印象の人だ。副隊長というポジションのせいか、黒子に徹しようとしている雰囲気もある。

白川《しらかわ》隊長がお見舞いにきてくれたとき、お供についてきて、なにも事情がわからない俺にいろいろと教えてくれた。

「白川隊長は天才肌だから。人に説明するとか、そういう考えがないんだ」

売店でアイス買ってきてあげる、と白川隊長がでてゆき、ふたりきりになった病室で、柳下《やなぎした》さんは自分たちの所属する組織について語った。

「陰陽寮《おんみょうりょう》にはかの安倍晴明《あべのせいめい》も所属していたんだよ」

「すげ～」

そこで俺は首をかしげた。

「でも、白川隊長、大天使ミカエルの名の下に、っていってませんでした？」

「組織の名称と、安倍晴明がやっていたような役割を引き継いでいるというだけで、陰陽《おんみょう》道《どう》自体はすたれてしまったからね」

現在は、みんな天使の加護によって特殊な力を授かり、不死者たちを取り締まっているらしい。

「天使と悪魔はやっぱり格がちがうんだよ。中立的な表現を使うなら、どちらも高次元の存在といえるかもね」

悪魔は本体が地獄にあって、人の体を乗っ取って活動する。

天使は本体が天国にあって、人に協力して活動する。

両者は人間界で、正と悪の代理戦争を繰り広げているらしい。

「人と協力体制にある天使の力は格別に強い。やっぱり無理やりいうことをきかせるより、手をとりあったほうが力は発揮されるものだからね」

国の執行機関としては当然、一番強い力を選ぶ。

「実際のところ、天使の加護を受けた部隊だから、天使隊って呼ばれてる。正式な組織の名称も実体にあわせて変更するかどうか、年度末になるたびに偉い人たちが、あーでもないこーでもないって議論するんだけどね」

「めっちゃ楽しそうじゃないですか」

「でも、平安時代からつづく名前を変える勇気はないみたい」

「役所っぽくていいですね～俺もその議論に入りたいですっ」

「でもまあ、実力は本物だから」

もう安心していいよ、と柳下さんはいう。

「聖杯争奪戦は終わる。天使に勝てる悪魔はそうそういないし、白川隊長だけでなく全国に赴任していた隊長全員が東京《とうきょう》に集合したから」

俺はホテルの最上階で、強そうな人たちが集合していた光景を思いだす。

両手に銃を持った短髪の人。

大きなライフルを肩に担いだ、顔にタトゥーの入った人。

眠そうな顔で、マスケット銃を抱きながらあくびをしていた人。

その場にしゃがみこんで、人形遊びをしていた人。

他にも、ただものではない雰囲気の人たちが数人いた。

「斑目《まだらめ》くんはホテルで暴れたせいで、悪魔に恨まれている」

でもなにも心配はない、と柳下《やなぎした》さんはいった。

「悪魔といえども、天使を傷つけることはできない。陰陽寮《おんみようりよう》が君の安全を保障するよ」

柳下さんは、そんなふうに俺の状況を説明してくれた。

◇

安全を保障するといわれていたものだから、白川《しらかわ》隊長がデートに誘ってきたのも、俺を保護することが目的で、本気でデートがしたいわけじゃないと思っていた。

でも——。

「え、うえぇぇ～!?」

俺は思わず超驚いた声をだしてしまう。

白川隊長が、ちょっと照れた顔をしながら手をつないできたからだ。

大型ショッピングモール内でのことだ。

デートをすると決まったあと、白川隊長はいった。

「高校生がするようなデートをしてみたいな」

白川隊長は少し恥ずかしそうにしていた。

「私、あまりそういうことなかったからさ」

「となると――」

俺は考えたすえ、白川隊長をシネマコンプレックスのあるショッピングモールに連れていった。そして、有名俳優がいっぱいでている邦画の話題作を一緒に観《み》た。白川隊長はポップコーンを食べながら、ずっと楽しそうにしていた。エンドロールが流れたあと、面白かったね、と笑う白川隊長の笑顔をみたら、この人と一緒ならどんな映画だって面白くなるだろう、と思った。

白川隊長は、戦っていないときはなんだか幼くみえた。二十歳だとはきいているけど、クラスメートと一緒にいるような気分だった。

そして映画を観たあと、次はなにして遊ぼうかとモール内をぶらぶら歩いていたら、白川隊長が手をつないできたのだ。

「なるほど」

白川隊長はうなずきながらいう。

「みんな、こうやって青春をエンジョイしてたわけか」

俺は手から汗がめっちゃでる。でも白川《しらかわ》隊長はまったく気にせず、むじゃきな様子だ。

「そういえばさ、斑目《まだらめ》くんはなんで釣《つ》り竿《ざお》持ってるの？」

「これはすごい作戦なんです」

俺はユルマリちゃんをみせながら、聖杯を頭にくっつけたクロマリちゃんを釣りあげる天才的な作戦の説明をした。

それをきいた白川隊長は、ふふん、と得意げな顔になった。

「斑目くんは詰めが甘いね。ユルマリちゃんとクロマリちゃんは仲が悪いんだよ」

「え、そうなんですか？」

公式ではライバル関係という設定らしい。キャラだけでなくちゃんと世界観もあるのだ。

以前、放送されたアニメは、『たすけてユルマリちゃん』というタイトルだった。

「クロマリちゃんはシャドウパワーを使って人間界で悪さをするんだ。そのシャドウパワーから人間を守ろうとがんばるのがユルマリちゃん」

「キャラクターに気をとられてストーリーを気にしていませんでした……」

「みためのかわいさに目がいきがちだからね」

「白川さんって、博識なんですね～」

俺がそういった瞬間だった。

「そうなの！　私、頭がいいの！」

白川隊長が突然、表情を明るくする。

「斑目くん、よくわかってるね！」

ご機嫌になって、俺とつないだ手をぶんぶん振る。

そういえば、柳下《やなぎした》さんがいっていた。

白川隊長は陰陽寮《おんみようりよう》にスカウトされたのが十五歳のときで、若くから戦っていて世間知らずなため、かなり純真らしい。

「私、他にもいっぱい知ってるよ。ユルマリちゃんはね——」

白川隊長は、『たすけてユルマリちゃん』が大好きらしく、豊富な知識を俺に披露した。

柳下さんの情報によると、白川隊長の出身は長崎《ながさき》の五島列島《ごとうれつとう》だ。出身地をきかれると、『東京《とうきよう》よりもほんのちょっとだけ地方の都市』とこたえているというから、白川隊長は少しだけ見栄《みえ》っ張《ぱ》りちゃんだ。

それはさておき、そういった環境で育ち、そのあとは陰陽寮で仕事をしてきたから、白川隊長はすれたところがなく、年のわりに幼い印象なのだった。

つまり、奇跡の美人だ。

「これ、面白いね！」

モール内のゲームセンターで、白川隊長は大はしゃぎする。

「斑目くん、あれとってよ、あれ！」

俺はクレーンゲームの景品をいっぱいとって白川《しらかわ》隊長に渡した。

「やった～！　やった～！」

ぴょんぴょん跳ねる白川隊長をみて思う。

めっちゃかわいい。最高だ。

そうやって遊んでいるうちに、夕方になった。高校生のデートとしては、このあたりで門限もあるからと帰るところだ。でも――。

「ねえ、斑目《まだらめ》くん」

白川隊長が俺の腕にくっつきながらいう。

「ここからは、ちょっと大人なことしよっか」

「え？　大人なこと？」

俺は少し考えてから――。

「え、うぇぇ～!?」

と、声をあげる。

年に似合わず幼いところをいっぱいみせられて、ここで大人っぽい刺激的なことされちゃったら、そんなの素敵すぎる。

なんて思っていると、白川さんは、「じゃ～ん！」と財布からなにやらとりだした。

「クレジットカードですか？」

「最近つくったんだよね」

俺はそのピカピカのカードをよくみる。

「もしかして、それ、ゴールドカードってやつですか？」

「そだよ～。けっこう給料もらってるからね」

「すげ～！」

本当にお金を持ってる人はゴールドカードじゃなくてブラックカードってきいたこともあるけど、白川隊長と俺はゴールドカードで十分テンションが上がるのだった。

「これで、ちょっといいもの食べようよ！」

白川隊長の大人っぽいことというのは、そういうことらしい。ずっといってみたいと思っていた少しお高いレストランがあるらしく、そこにいくことになった。

「お酒だって飲んじゃうからね！」

「大人～!!」

ドレスコードはないけれど、テーブルクロスは真っ白で、ハードルの高そうな店だった。

店員さんがワインボトルを持ってきてカタカナの長いワインの名前をいうと、白川隊長は、「なるほど」と重々しくうなずいていた。それをひとくち飲んだあとも、「なるほど」とうなずいていた。

ほんのり顔を赤くした白川隊長と一緒に、食事をした。

途中、シェフがやってきて、大きなチーズの塊を削って、料理の仕上げをテーブルでしてくれた。白川《しらかわ》隊長は目をきらきらさせていた。どこまでも純真な人だ。

「かなりの経験値を積めたね」

デザートも食べ、食後のコーヒーを飲みながら、白川隊長はいう。

「ちょっと大人になりすぎたかも」

「俺なんて同世代からかなり先行してしまいました」

「ヤバいね」

「ヤバすぎです」

白川隊長はカップを置くと、俺の顔をみつめてくる。

「どうかしました?」

「斑目《まだらめ》くんっていいな、って思ってさ」

「え?」

「扉とか開けてくれるし、エスカレーターでも下側に立ってくれるし」

「いや、まあ」

「紳士なんだね」

いわれて、俺はなんだか照れてしまう。

「じゃ、いこっか」

店からでる前に、俺は白川隊長にコートを着せる。白川隊長はそんな俺をみて、ちょっと意味ありげにほほ笑み、コートを着たあとは、「えへへ」と笑いながら俺にくっついてくる。これは――。

なんか、いける気がする！

白川隊長って、理想の恋人って感じがするし、一緒になったらめっちゃ幸せになれそうな雰囲気がある。なにより全てが正統派にかわいい。

俺の青春はじまったかも。

そんな俺の予感はバチバチに的中していて、レストランからでたあと、白川隊長がいう。

「斑目くんにさ、大事な話があるんだ」

「……はい」

俺は唾を飲み込む。きた。

白川隊長は正面にきて、俺の両手を強く握る。

「……お願いがあるんだ」

「なんでしょうか」

なぜだか、こっちが緊張してしまう。驚いたリアクションをしようか、それとも、喜んだほうがいいか――。

考えているうちに、白川隊長は恥じらいながらいう。

「ぜひね、斑目《まだらめ》くんと一緒に戦いたいんだ」

「いや、さすがにいきなりすぎるというか、いえ、もちろん嬉《うれ》しいし、ぜひそうしたいんですけど、ちょっといい感じの後輩がいたり、陛下もあんなんで意外とヤキモチやきなところありつつ、でも、もちろん白川《しらかわ》さんとも、だから……なんといいますか、まずは友だちから——」

ん？

「白川さん、今、戦うっていいました？」

「うん。斑目くん、陰陽寮《おんみようりよう》に入らない？」

俺の思考が停止する。次の瞬間——。

「有給を取得しやすい職場！」

そういいながら、電信柱の陰から柳下《やなぎした》さんがでてくる。さらに——。

「アットホームな仲間たち！」

路地裏から、ピンクの髪の背の低い女の人もでてくる。ホテルで隊長大集合したとき、人形を持っていた人だ。

白川隊長をセンターに、三人ならんだところで、声をそろえていう。

「君も陰陽寮の職員になって、日本の治安を守るために働こう！　やりがい、バンザイ！」

それをきいて、俺は心の底から叫ぶ。

「ちきしょ～!!」

俺はいう。

「これ、完全にブラックな職場のやりくちじゃないですか！　ツラのいい女の人たちを前面に押しだして、世間知らずな若者を釣りあげる。わざわざピンク髪のお姉さんまで連れてきて！」

「花山《はなやま》先輩ね。三番隊の隊長で、すごく強いんだよ」

白川隊長がいう。

そんなのどうでもいい！

「おかしいとは思ってたんです！　白川さんみたいなきれいな人が、いきなり俺のこと好きになるはずないって！　全部、このためだったんですね！　ちょっと好きになりそうだったのに～!!」

傷心の俺はその場からさっさと立ち去ろうとする。すると、白川隊長が追いかけてきて、俺の手をつかむ。

「待って、待って。たしかに勧誘が目的だったけどさ、斑目くんのこと、いいと思ったのはホントだよ」

「もうだまされないぞ～!! 白川《しらかわ》さんみたいなきれいなお姉さんが、俺みたいな年下の男を相手にするはずないんだ！」

「そんなことないって」

白川隊長はいう。

「私、付き合うなら斑目《まだらめ》くんみたいな男の子がいいと思ってるよ」

「嘘《うそ》だ！」

「ホントだよ。だって私、全然恋愛経験ないし、なのに周りは大人の男の人たちばかりだから、それこそだまされそうな気がしてさ。でも年下の男の子なら、私のほうがお姉さんだし、だまされなくて済みそうだし、それに、斑目くんは安全そうだし」

「めっちゃ実際的な理由だ！」

「ダメ？」

白川隊長にかわいい声できかれて、俺は足を止め、振り返っていってしまう。

「賢明な判断だとぉ……思いまぁす！」

白川隊長は俺の頬《ほお》に手をあてる。

「もう、そんなにすねないでよ」

「だって……」

「仕方がないなあ」

白川隊長はそういったあとで、俺の手をぎゅっと握ってくる。

「じゃあ、まずは同僚からはじめよ？」

「入隊は譲らないんだ……」

「だって、近くにいたほうがお互いのことよくわかるでしょ？　私、付き合うならちゃんとしたいんだよね」

そこで、白川隊長はちょっとだけ顔を赤くしながらいった。

「私と斑目くんが付き合う可能性、まったくないわけではないと思うな！」

◇

「陛下〜起きてくださいよ〜」

英国屋《えいこくや》の寝室、布団越しに陛下をぐらぐらと揺らす。

「すねすぎですよ〜」

白川隊長に陰陽寮《おんみょうりょう》に誘われたことを話したのだが、それが相当気に入らなかったらしい。

夜見坂町《よみさかちょう》は我が領土と主張する陛下からすると、日本の国家公務員である白川隊長たちは相いれない他国の勢力であるため、気に入らないのだった。陛下は夜見坂町で制服警官やパトカーをみるたびに睨《にら》みつけるヤンチャガールでもある。

「機嫌なおしてくださいよ～」

「別に不機嫌になったりはしていない。私の器はキングサイズだ。すねたり怒ったりすることはない」

「だったらなんで布団からでてこないんですか～」

「ちょっとお腹《なか》が痛いだけだ」

布団のなかで丸まっている陛下。

「俺、ちゃんと断りましたよ～。まだ高校生だからって」

昨夜、帰りが遅くなったから、陛下に事情を説明したところ、プンスカしはじめた。

本物の忠臣であれば相手は誘う気も起きないものだ、というのが陛下の考えだった。

俺が勧誘されるような隙を与えたことが気に入らないらしい。

さすが陛下を名乗るだけあって、支配欲バリバリだ。

「陛下、早くいつもどおり遊びに——じゃなくて、クロマリちゃん探しにいきましょうよ」

「今、遊びっていったな！」

「いや、なんというか」

「斑目《まだらめ》、お前、全然忠誠心足りてないぞ！　忠誠心、足りてないからな！」

なんてやっていると、華《はな》ちゃんが英国屋《えいこくや》に入ってくる。最近、なにかと世話をやきにきてくれるのだ。ご飯をつくってくれたり、陛下の家事を手伝ってくれたりする。そして一緒に遊ぶのだ。

「ふたりでなにやってるんですか？」

「いや、陛下がすねちゃって」

「えぇ〜」

するとと、陛下が布団から顔だけだして、華ちゃんにいう。

「こいつ、他の女のところにいこうとしてたぞ」

「え？　斑目先輩が？」

「二十歳の女だ。不死者を取り締まる組織の隊長をしている。斑目はその女に誘われて、昨日、鼻の下をのばして帰ってきた。『胸のサイズも隊長級でした。ぐへへ。あっちにいっちゃおうかな〜』といっていた」

「絶対いってませんけどね」

「斑目先輩……」

華ちゃんが俺をみる。

「ひどいです！　ひどい！」

そういってポカポカ叩《たた》いてくる。

「私はたしかにまだ高校一年生で、大人の色気はありませんが……わ、私だって、あと数年もすれば……すればっ！」

白川《しらかわ》隊長に誘われ、陛下がすね、華《はな》ちゃんに嫉妬で叩《たた》かれる。

この状況になって、俺は思う。

なんか——。

めっちゃモテてる気がする！

すごく気持ちいい！

なんて思っていると、陛下がすっとベッドからでて、自分で服を着はじめる。

「自分で着れるんじゃないですか」

「聖杯を探しにいく」

陛下はブラウスのボタンをとめながらいう。

「白ナントカさんより先に聖杯を手に入れる」

「絶対、名前把握してますよね」

「白ナントカさんを悔しがらせてやろう」

「意地っ張りだなあ、もう！」

そんな感じで、俺たちは日々、釣《つ》り竿《ざお》を持って街へと繰りだした。ユルマリちゃんでクロマリちゃんは釣れないっぽいけど、そのことはあえていわなかった。白川隊長の情報でまちがいを指摘したら、陛下のプライドが傷つくだろうし、俺としては陛下と遊んでいるだけで楽しかったからだ。

白川隊長を筆頭とした天使部隊のおかげで街の治安はとてもよくなっていた。街のあちらこちらに、白いコートを着ている天使隊の人をよくみかけた。おかげで俺が不死者に襲われることもなくなったし、悪魔も大人しくなったようだった。

何度か、天使隊の隊長が戦っている現場にでくわした。

悪魔たちを簡単にボコスカにしていた。

天使隊の人たちは剣か銃を使っているようだった。統一性がある。

「みんな有名な天使の加護を受けて、特殊な力を持っているからね」

柳下《やなぎした》さんはいっていた。

「ちなみに私はサンダルフォンが守護天使だ」

「どんな力があるんですか？」

「能力を使うと、誰にも気配を察知されなくなる」

「かっこいい〜!!」

陛下と一緒にクロマリちゃんを探して街をぶらぶらしていると、白川隊長と柳下副隊長の一番隊コンビとはよく遭遇した。活動範囲が同じだったのかもしれない。

そして陛下と白川隊長は、クロマリちゃんとユルマリちゃんみたいに仲が悪かった。

よくあるパターンが、聖杯捜索中に休憩するときだ。

俺と陛下が、昼食を食べるためグルメマンガで紹介されていた店に入る。すると同じくマンガに影響を受けて行動する白川《しらかわ》隊長が、柳下《やなぎした》さんを連れて店で食事をしている。目と目があったら、陛下と白川隊長のバトルははじまる。

「ねえねえ、斑目《まだらめ》くん、私と一緒に働く気になった？　入隊書ならここにあるよ？」

「斑目はそういうの興味ないぞ。しっ、しっ」

「私は斑目くんに話しかけてるんだけどなあ～」

「斑目、白のロングコートを着てる女なんてだいたいヤバい女だ。かかわらんほうがいい」

「黒のゴスロリに自称陛下のほうがヤバいと思うけど⁉」

「がるるるる」

「むむむむむ～」

といった感じだ。

陛下は他国の国家権力という時点で白川隊長が気に入らない。白川隊長からすると、陛下は不死者として陰陽寮《おんみょうりょう》に届出をださないといけないのに、その登録をしていない困ったちゃんの不死者らしい。

そんな感じで、ふたりの折り合いはすこぶるわるい。

動くクロマリちゃんの目撃情報がＳＮＳであがったときは大変だった。

陛下と白川隊長が一緒にいるときに、その情報をスマホでみつけた。当然、相手よりも

先に聖杯を手に入れようと、ふたりは急いで目撃現場に向かおうとする。

まず、陛下がしれっと白川《しらかわ》隊長に足をかけた。白川隊長はずっこけたが、起きあがるとすぐに、先を急ぐ陛下のジャケットの襟を後ろからつかんだ。白川隊長はその細腕に似合わず力が強いらしく、陛下は首が絞まって苦しそうにしていた。

結局、現場に着いたときには、クロマリちゃんの姿はなかった。

陛下と白川隊長はボロボロになっていた。

「さすがに仕事にならないな」

ある日、柳下《やなぎした》さんがいった。

そのときも陛下と白川隊長はドーナツを投げあってケンカをしていた。

俺と陛下がドーナツショップで三時のティータイムをしていたら、白川隊長たちが入ってきて、こうなったのだ。

「お互い上司が子供だと大変だな」

柳下さんはいった。

「まあ、白川隊長は実際、私より年下だから仕方がないか」

「そうなんですか？」

「私は今年で二十五になる」

柳下さんはピースサインしながらいう。

「実は私、本当は隊長クラスの力を持っている」

「いきなりかっこいいことというじゃないですか」

「白川隊長は戦闘力最強だが、力に頼りすぎたり、書類仕事が苦手だったりする。そんな彼女を将来の局長候補として育てるのが私の役目だ」

「つまり、ここでもそのサポート役をするということですね」

「そうだ。白川隊長は組織の上に立つものとして、誰とでもうまくやれる必要がある」

つまり、陛下との仲良し大作戦というわけだ。

「これ以上、変な戦いをして仕事の効率を落とされても困るからな」

「でもどうやるんですか?」

「大人が仲良くなる手っ取り早いやり方は一緒に飲むこと、つまり飲み会だ」

「それはよくききますが……そんなにうまくいきますかね?」

「うまくいかなかったら、それはそれで面白い」

俺は酔っぱらった陛下と白川隊長がわーわーやってるところを想像する。

「たしかに、それは面白いかもしれません」

「互いの上司を担いで帰ることになる気はするけどね」

「俺は未成年なので飲めませんが」

「私も下戸だ。ふたりをカウンターに座らせて、私たちは後ろのテーブルからみていよう」

そうして、俺と柳下《やなぎした》さんは頭の上をドーナツが飛び交うなか、打ち合わせをして、店と日取りを決めた。

俺と柳下さんが、飲み会をやります！　と強く宣言すると、陛下と白川《しらかわ》隊長は不承不承ながら、砂糖にまみれた顔でうなずいた。ふたりとも、部下に強くいわれると断れないタイプの上司らしい。

◇

飲み会当日は雨だった。

夜、陛下と俺は傘を差したまま、バーの前で白川隊長たちを待っていた。

「おい、あいつら五分前なのにまだきてないぞ。ちょっと不敬じゃないか」

「あっちは働いてますからね。僕たちとちがって忙しいんでしょう」

「………………」

それから、しばらく待ったが、ふたりは現れない。

「先に中に入っておきましょうか」

「いや、待つ」

「マナーですか？」

「一緒に入ったほうが、楽しいだろ」

そういうので、俺と陛下は店の前で待ちつづけた。

雨でおぼろげになった夜の光、ゆきかう人々、楽しそうな声のなか、傘を差しつづける。

さすがに三十分が過ぎたところで、俺は陛下に中に入るようにいった。

陛下の肩は濡《ぬ》れていた。

「きっと、緊急の仕事が入ったんでしょう」

俺は陛下を店に入れ、カウンターに座らせ、軽食を頼む。

「治安がいいのはあの人たちのおかげだったんですね」

白川隊長たちは不死者の警察みたいなものだった。よくみれば街のあちこちにいて、ならず者の不死者をバシバシしょっぴいている。

「やっぱり国家権力はすごいですね」

「天使の力は強いからな」

「ホテルでもあっという間に大量の悪魔をやっつけてましたよね」

俺は、白川隊長が苦戦したり、傷を負ったりするところをみたことがない。それだけ強い人だから、仕事もすぐに終わらせて飲み会にやってくるだろうと思った。

それまでのヒマつぶしに、俺と陛下は、バーにあるジュークボックスで音楽を鳴らしたり、ピンボールをして遊んだりした。

陛下はお酒を飲もうとはしなかった。

「そこは白川《しらかわ》のアホがきてからだろう」

そう、いうのだった。

でも、どれだけ待っても白川隊長たちはこなかった。

日付が変わる頃になると、陛下は肘をついてウトウトしはじめ、ついには寝てしまった。

陛下は早寝早起きなのだ。

「よっぽど楽しみだったんですね」

俺はカウンターに突っ伏して寝ている陛下に語りかける。

「よかったじゃないですか。ドーナツを投げあえる友だちができて」

俺は陛下の財布から勝手にクレジットカードを抜いて、バーの代金の支払いをした。

「じゃあ、今日のところは帰りましょう」

ゆさゆさ揺らして起こし、寝ぼけまなこの陛下を英国屋《えいこくや》に連れて帰った。

そして翌日になると、俺たちはまた釣《つ》り竿《ざお》を持って街をぶらぶらしたわけだが、いつものように白川隊長と柳下《やなぎした》さんにでくわすということはなかった。

そんな日が、数日つづいた。

あまりにふたりの姿をみかけず、連絡もこないから街角に立っていた天使隊の男の人に声をかけ、白川隊長たちがどうしているのかきいた。

彼の口からきかされたのは、柳下副隊長の訃報だった。

◇

飲み会の約束があった日。

クロマリちゃんが都バスに乗っているという情報が陰陽寮《おんみようりよう》に入り、柳下さんと一番隊の隊員たちが現場へと向かった。バスを停《と》め、乗客を全員だし、車中をみんなで捜索していたところで、バスに仕掛けられていた爆弾が爆発した。

柳下さんはそれでも生きていて、白川隊長に起きたことを連絡した。でも通話中に銃声がして、次に大きな水音がして通話は途切れた。

後になって現場に向かった陰陽寮の人たちがみたのは、川沿いの道で炎上するバスと、血だらけの手すりだった。鑑定の結果、柳下さんの血と断定された。

柳下さんは通話中になにものかに撃たれ、川に転落したと推測された。河口だったため海に流れたのか、遺体は発見されていない。

この顛末《てんまつ》を語ってくれたのは白川隊長だった。

「私は会議にでていたから無事だった。みんなと現場にいけばよかった。私がいれば、みんなを守れたのに」

事件があった日から数日後、現場になった川沿いの遊歩道でのことだ。

白川《しらかわ》隊長に呼びだされたのだ。白川隊長は東京《とうきょう》に戻ってきたところだという。いつもの制式の白いコートではなく、黒いスーツを着ていた。喪服だ。

「隊員たちの家族に会ってきたんだ」

白川隊長は少しつかれた顔をしていた。

「こういう仕事は難しいね」

「柳下《やなぎした》さんはまだ死んだと決まったわけじゃないですよ」

俺はいう。

「行方不明になった味方は、一番いいところで姿をあらわして、おいしいところを持っていくもんです。俺、知ってるんです」

「君はやさしいね」

白川隊長は柳下さんの実家にもいってきたという。

「話にはきいていたけど、とても一般的な家庭だった。お父さんがいて、お母さんがいて、弟がいた」

柳下さんは大学生のとき、民間企業への就職ではなく、公務員の道を選んだ。自立して、家族を安心させるためだったらしい。国家二種試験で警察庁に入庁、半年間の警察学校のときに適性をみいだされて、陰陽寮《おんみょうりょう》へ。

実家の柳下さんの部屋には、小さいころ彼女が気に入っていたというキャラクターのぬいぐるみや、高校の部活で使っていたバドミントンのラケットなんかがあった。

白川隊長はそれらをひとつひとつ手に取り、本棚にあった卒業アルバムのなかもみたという。

「今からは想像できないくらい、おてんばな感じだったよ」

白川隊長は川の流れを眺める。

俺はなにもいえない。

しばらくしたあとで、白川隊長は顔をあげた。

「こういう気持ちに浸るのは聖杯を確保してからだね。まさか天使隊に手をだしてくるやつらがいるなんて、想像もしていなかったよ」

「聖杯って、想像以上に価値があるものなんですね……」

「国家千年の繁栄が約束されるからね」

聖杯を狙っている勢力は、不死者だけではないという。

「当然、外国の政府も欲しがってる。非公式に、いろいろと人が入ってきてるはずだ」

「他国の手に渡ったらまずいんですか？」

「行儀のいい国ならいいけれど、支配的な考えを持つ国の手に渡すわけにはいかない。犯罪組織や、偏った思想を持つ集団にも。聖杯は、全てを支配する力を持っているから」

「スケールが大きすぎて、あんまり想像つかないです」

「斑目《まだらめ》くんはもう体験してるよ」

都庁にミサイルを撃ち込むようなことは当然、日本の国家機関がやったことではないという。

「人の組織だよ。国内か国外か、公的かアンダーグラウンドかはわからない。いずれにせよミサイルを撃てるだけの背景を持っている」

それくらい、多くの人や組織が聖杯を望んでいて、複数の勢力が取り合いをしていると、白川《しらかわ》隊長はいう。

「でも、なんとかなるだろうと楽観していた。名前持ちの天使の加護を受けた私たちは、爆発程度では傷つかないから。それがミサイルでも」

サンダルフォンの守護を持つ柳下《やなぎした》さんは、バスの爆発では死なず、白川隊長に連絡をしていた。でもそのあとで、銃で撃たれ、大量の血を流して川に落ちた。

「とても深刻な事態だ。高位の守護天使の加護が傷つけられた記録はない」

白川隊長はいう。

「なんとかしないと、人と不死者のあいだに築かれている秩序が乱れる」

「天使を傷つけることができるやつっているんですか？」

俺がきくと、白川隊長はそれができる存在をあげていく。

「最上位の悪魔」「純血のヴァンパイア」「百年以上生きた魔女」「カインの末裔《まつえい》」「ヴァン・ヘルシング」「ラビのゴーレム」

でも白川隊長は、それらとは全く別の可能性を考えているという。

「ところで斑目くん、世の中にはいろいろな聖杯があるんだよ」

「そうなんですか？」

「聖遺物のなかで、世界の理《ことわり》を変えてしまうほどのエネルギーを持つものを全て『聖杯』と呼んでいるんだ」

つまり、世の中にはいくつかの聖杯があり、それぞれにその来歴が存在する。

「今回、東京《とうきよう》を逃げまわっている聖杯はね、ある不死者の持ち物だった可能性が高い」

陰陽寮《おんみようりよう》は動くクロマリちゃんの存在を観測したときから、その聖杯の背景を調査していたらしい。

「その不死者はかつて強大な力を持っていた。でも、今は失っている」

「なんて不死者ですか？」

「名前を口にすることはできない」

白川隊長はいう。

「その不死者は忘れ去られたままのほうがいいんだ。その不死者は、世界から忘れ去られることで力を失ったから」

力を取り戻させるわけにはいかない、とても恐ろしい不死者だと白川《しらかわ》隊長は語る。

「でも今、その不死者は力を取り戻す機会を得た」

「自分がかつて持っていた聖杯ですか」

「喉から手がでるほど欲しがっているはずだ。きっと、天使にも悪魔にも邪魔されたくないと思っている」

そして、白川隊長は俺がききたくないことをいった。

「柳下《やなぎした》の血だまりの現場には、回転式拳銃の薬きょうが落ちていて、使用された銃も特定されている。初期のコルト。よほどのもの好きじゃないと使わない、非効率で時代遅れな代物だ」

「なんでそれを俺にいうんですか」

「君が正しい心を持っているから。私にはそういうことがわかるんだ」

小さいころから、街の教会に通い、天使の存在を感じていたらしい。そして人の心の正邪に、とても敏感な少女だったという。

「斑目《まだらめ》くんがふざけるのは照れ隠しでしょ。最後の最後は正しいことをする。君は、本当は夢見がちな少年だからね」

まったく褒められている気がしない。

「聖杯がその不死者の手に戻るくらいなら、壊したほうがいいよ」

「壊せるんですか？」

「聖杯は不定形のエネルギーで、形は仮初だ。でもその仮初を失えば、そのエネルギーは観測できなくなる。また新たな姿を得るのに、千年はかかるんじゃないかな」

別に、聖杯のことはかまわない。

俺が気になるのは、やはり柳下さんの血だまりに落ちていたという、回転式拳銃の薬きょうだった。

「今の私の話は、あくまで可能性の話だけどね」

白川隊長はそういうけれど――。

「もし、その可能性が現実だったときは？」

俺がきくと、白川隊長はとてもフラットな表情でこたえる。

「その不死者を狩る」

そして、その細腕と、いかにも清く正しい印象の容姿からほど遠いセリフをいった。

「私、ケンカは強いよ」

◇

俺は陛下のことをよく知らない。

英国屋《えいこくや》に拾ってもらったあとはいつも一緒にいるけれど、陛下は不老不死で、俺の知らない時間をたくさん過ごして生きてきたのだ。

陛下が本当はとても残酷で、わるい不死者だったとしても、それはあり得る話だ。

「古い不死者はくわせものよ」

ラビがいっていたことを思いだす。

でも俺のとなりにいる陛下はいつもどおりだった。お菓子を食べて、遊んで、礼儀にうるさい。ただ、ちょっとした変化があった。

「しばらく商店街からの依頼は受けない」

なんてことを、いいだしたのだ。理由をきくと、陛下はこうこたえた。

「華《はな》の依頼に時間がかかりすぎているからな」

つまり、聖杯に集中するというのだ。

「陛下は、自分が聖杯を持っていたらどう使います?」

ある夜、ふたりでサッカー中継をみているときにきいてみた。陛下は海外サッカーも好きだ。

「聖杯があれば国が建つな」

陛下は画面をみながらいった。

「私の千年王国だ」

「陛下はそれを、どんな国にするんですか？」

「週休三日」

「聖杯なくても選挙に出るだけで陛下の政府が爆誕しますよ」

「私は陛下だ。総理大臣ではない」

結局、煙《けむ》に巻かれた感じになってしまった。

陛下の正体はなんなのだろう。一度は考えるのをやめたことを、また考えはじめる。

俺は陛下の正体なんて知らないでいいと思っていた。もともとそういう性格で、あんまり、誰かやなにかのルーツが気にならない。

でも、さすがにこうなると気になってくる。

「陛下の正体って、なんなんですかね？」

テーラーでラビにきいてみる。

春に向けて陛下が新調したスプリングコートを受け取りにいったときのことだ。

「前にもいったけど、私はエリの正体を知らないわ」

ラビはあいかわらず机に置いた生地を手にとって眺めている。イタリアから届いたばかりらしい。

「一ついえることは、エリが不死者として力を行使できるようになったのが、つい最近だということね」

「そうなんですか？」

「斑目《まだらめ》くん、君と会ってからよ。それまでは本当に、なんの力もない、ただ死なないだけが取り柄の不死者だったわ」

それについては、思い当たる節がある。

「陛下がいってました。俺が忠誠を誓えば誓うほど、陛下は強くなるそうです。そして、俺に与える力も強くなる。俺と陛下は永久機関なんです」

「それ、どう考えても永久機関じゃないでしょ」

ラビはいう。

「明らかに君が始点よ。君から、全てが始まっている」

そして、ラビは俺が考えてることを見透かすようにいった。

「最近、またふたり天使隊の隊長が死んだそうよ」

それは間違いなく異常事態だった。本来、天使の加護を持つ天使隊の人たちは傷つけられてはならないのだ。

陰陽寮《おんみようりよう》の人たちは、それでかなりピリついているらしい。

「ふたりとも、リボルバーで撃たれていたそうよ。ご存じのとおり、この店ではそういう武器を扱っているから、陰陽寮の調査部がきていろいろと事情をきかれたわ」

そして、ラビはその隊長たちが撃たれた日付をいった。

「どちらも夜だったそうよ。そのとき、エリと一緒にいた？」

「はい。一緒に暮らしてますからね。ゲームで負けてコントローラー投げてましたよ」

嘘《うそ》だった。

どっちの夜も、アイスを買ってくるとか、深夜のラーメンを食べたくなった、なんていって、陛下がひとりででていった夜だった。珍しいから覚えている。普段なら、陛下はそういうとき斑目ウーバーを使う。

「……そう、一緒にいたのね」

「はい。それではこれで」

俺はコートを抱えて店をでた。

それでも俺は、陛下がそんなことするはずないって思っていた。陛下と俺はポップでキャッチーなふたりとしてやっていくべきだからだ。

そういうのが好きだった。

でも――。

ある夜のことだ。

「バッティングセンターにいってくる。ホームランを打ちまくりたくなった」

そういって、また陛下がひとりで外にでていった。俺はしばらく時間を置いてから、陛下の後を追った。ゲームセンター併設のバッティングセンターにいってみたけど、当然、陛下はいなかった。

街中を駆けまわり、陛下をみつけたとき、陛下は白いコートの四人と戦っていた。天使隊の人たちだ。

夜遅くなり、車が通らなくなった幹線道路の真ん中で、剣や銃を持った男たちと戦っている。

月の明かりを受けて輝く白刃の軌跡を、陛下はひらりひらりとかわしていた。

ずっと点滅している赤信号。

隊員たちの動きはしんどそうで、陛下はあまり動きまわっていなかった。

三度、銃声がして、三人が倒れた。

四人目の隊員は陸橋に登っていて、そこから飛び降りて陛下に襲いかかった。三人が身を挺《てい》しておとりになって、最後のひとりが死角から決死の一撃を放つ作戦だ。

でも、陛下にはそんなものは通じなかった。

陛下は頭上に向かって、また三度発砲して、傘を差しながら少しだけ横によけた。

隊員は受け身をとることもなく、ただそのまま地面に落ちて鈍い音を立てた。

そして空中で撃たれ、飛び散った血は、陛下の傘にあたって小気味よい音を立てた。

陛下は傘を畳み、何度か振って血を落とし、なにもなかったような態度でその場を立ち去った。

陛下の姿がみえなくなったところで、俺はアスファルトに倒れた隊員たちに近づいていく。そして、彼らはパーフェクトに死んでいた。

あれはまちがいなく陛下だった。変身能力のある悪魔が化けているとかじゃない。わざわざ傘を差して血をよけるなんて陛下くらいしかやらない。

「無駄にエレガントで演出過剰だもんな～」

俺はしゃがんで、動かなくなった隊員たちの顔をのぞきこむ。

この人たち——。

「実はすっげえ悪いやつだったりしないかなぁ！」

◇

いつものごとく陛下は英国屋《えいこくや》のリビングで朝食をとっている。ただ食べているだけでは退屈を感じたのか、テレビをつける。好みの番組がなかったらしく、オンデマンドで映画を選び、再生ボタンを押したときだった。

「そんな映画みちゃいけません！」

俺はそういって、陛下の手からリモコンを取りあげた。

「マフィア映画なんて教育にわるい……まったく、なんでこんな人をバンバン殺す映画なんて撮るのかしら」

「おい、どうした。お母さんみたいになってるぞ」

俺は朝食をつくった流れで、エプロンをしている。陛下は怪訝《けげん》な顔で俺をみながらリモコンを取り返し、今度はアクション映画を選ぼうとする。

「暴力反対！」

俺はまたリモコンを取り返した。

「陛下は！　生きることの素晴らしさを描いた、ヒューマンドラマを観《み》るべきなんです！」

俺は再生ボタンを押す。ヤンチャな少年が、病気の少年と友だちになる、ひと夏の感動映画だ。

「これを観て、陛下は生きることの喜び、命のすばらしさを感じるんです！　マイフレンド・フォーエバー！」

俺はその映画を無理やり陛下にみせた。陛下は涙なしにはみられないラストシーンでも、すん、とした顔をしていた。

やはり陛下は冷血陛下なのかもしれない。

なんて思っていると、陛下がゲームを起動する。オンラインでチームに分かれてインクを撃ちあうゲームだった。

　俺は陛下が手に持ったコントローラーをはたき落とした。

「そうやってすぐ撃ちたがる！」

　俺はゲームを操作して、ソフトを別のものに変える。

「陛下は！　戦いなんてせずに！　お友だちと自分の島をみせあうゲームをしておけばいいんです！」

「なんか、今日のお前、めんどくさいぞ！」

　もういい、と陛下は立ちあがる。

「クロマリちゃんを探しにいく」

「陛下！　今日はちがうことしましょう！」

　俺は陛下の肩をつかんで、聖杯を探しにいこうとするのを阻止する。

「じゃあ、なにをするんだ」

「ペットショップにいきます」

「なんでだ」

「陛下の！　情操教育に決まってるじゃないですか！」

　イヤそうな顔をする陛下を無理やりペットショップに連れてゆき、俺はバーニーズマウンテンドッグの子犬を指さして、店員さんにいった。

「この子をください」

支払いはクレジットカードでした。

「おい、それ私のカードだぞ」

「陛下、ちゃんと育てるんですよ」

俺は子犬を陛下の胸に押しつける。

「この子の名前はライフイズビューティフルです」

「………」

陛下は子犬にヨハン三世という名を与え、英国屋《えいこくや》に連れて帰った。陛下はヨハンのことをそれなりに気に入ったようで、なにかと抱っこしたり、なでたりしていた。

きっと、ヨハンが大きくなるころには、陛下は命の大切さを知るにちがいない。

それからも、俺は陛下ハートフル化計画を推し進めていった。

日々、精神を落ち着かせるフュージョンミュージックを流し、食事も興奮しそうな辛そうなものは遠ざけた。

マインドフルネスのために瞑想《めいそう》を日々のルーティンに取り入れ、陛下がお菓子を欲しがったときには、ストレス低減に効果があると評判のＧＡＢＡのチョコレートを口にほうりこんだ。

もちろん、マフィア映画や、ＦＰＳのようなゲームは禁止だ。

そんな感じで一週間ほどが過ぎたとき——。

「退屈すぎる！」

陛下がバクハツした。

「唐辛子の効いた中華料理が食べたい！　薄味ばかりであきた！」

靴を履いて、でていこうとする。

「ダメですよ、カプサイシンには興奮作用がありますから！」

「ヨハンの散歩だ」

そういって、ワンコのリードを俺に投げてよこす。

「あ、こら」

陛下は俺の制止をきかず、外にでてしまい、俺は仕方なくヨハンを連れて陛下を追いかける。困ったことになったな、と思う。

なぜなら今日は、街中に天使隊が展開しているからだ。

その目的は聖杯の確保じゃない。

天使隊の隊員を殺害した不死者の討伐。

つまり、陛下を狩ろうとしているのだ。

◇

ここ数日、俺は陛下をヒューマニティあふれる不死者にしようと教育ママとしてがんばったわけだが、やっぱり難しかった。

陛下は猫みたいに自由なので俺の目を盗んでおでかけをするし、帰ってきたときに白いシャツに血がついていることもあった。

もちろん、それが陛下の血の可能性はある。

陛下は長く生きた不死者ギャグとして、カジュアルに死ぬという特性を持っている。死に対して恐れがないから、トラックがびゅんびゅんゆきかう歩道のぎりぎりに立ってトラックに顔をぶつけるときもあるし、駅のホームで人にぶつかられて容易に転落する。そして自分の血でシャツが汚れてしまったことを嘆いたり、日本は人が多すぎると不満をいうのだ。

でも、今回の血はきっと返り血だ。

陛下が服を汚す日に限って、天使隊の隊員が死傷するからだ。

そして今日、ついに陛下が犯人という判断が下され、討伐されることが決まった。

なぜそんなことを知っているかというと、白川《しらかわ》隊長が教えてくれたからだ。

「君には街のシンボル、夜見坂町《よみさかちょう》博物館の広場前に彼女を連れてきてほしい」

昨日、俺がスーパーで買い物をしていると、白川隊長が声をかけてきた。

「俺が陛下にそれをチクるかもしれませんよ」

「君はそういうことをしないよ。私にはわかる」

俺は黙って白川隊長にスマホをみせた。

「みてください。この子犬を抱きながら、ヒューマン映画をみている陛下の姿を」

「退屈すぎて白目をむいてるね」

正しい選択をしてね、といって白川隊長は去っていった。

そして今日――。

陛下は四川《しせん》料理を求めて、くしくも夜見坂町博物館の方に向かって歩いていた。俺はワンコを連れて陛下の後ろにつづく。ワンコのヨハン三世は誰に似たのか、へっ、へっ、へっ、と舌をだしながらお間抜けちゃんな顔をしていた。

このままだと、陛下は天使隊に討伐される。

どうしたものかな、と思っていると、陛下が、帽子が欲しい、といってラビのテーラーへと入っていく。俺はヨハンと一緒に外で待つ。

少しだけ、選択が先延ばしされる。

「俺、あんま頭よくないけどさ、それでも学習指導要領とか、道徳教育がしっかり頭んなかにインストールされてるっぽいんだよな」

ヨハンのほっぺたを引っ張りながらいう。

「陛下ってわるいやつだと思う？」

ヨハンはワンと吠《ほ》える。

「でも俺たち人間だって悪魔とか容赦なくやっつけるよな。だったら同じじゃない？」

ヨハンはまたワンと吠える。

「いいやつかわるいやつかじゃない気がしてきた」

ワン。

「結局、俺がどうするかだよな〜」

ワン。

「お前、マジでワンしかいえないんだな。もっとがんばれよ〜」

「ワンダフル！」

「しゃべった！　すげ〜！」

なんてやっていると、陛下がテーラーからでてくる。帽子をかぶってないところをみると、気に入るものがなかったらしい。

陛下は黙ってまた歩きだす。

夜見《よみ》坂町《さかちょう》広場に近づくにつれ、だんだん人が少なくなっていく。それでも陛下はまったく気にしていない。

俺は思う。

陛下は不死者で、人間じゃない。出会ってからまだ一年も経《た》ってないし、陛下は自分のことを全然、俺に話さない。

よく考えてみれば俺と陛下の付き合いは短くて、血縁とか、小さい頃の友情とか、そういうのはなにもない。雨の日に、同じ軒先でちょっと雨宿りしているようなものだ。

きっと陛下は俺がいなくなっても、泣いたりしない。

俺だって陛下がいなくなっても、泣いたりしないだろう。

むしろ、ここでウェッティになったりするほうが変だ。

人間をバンバン撃つような不死者をかばうべきじゃない。

だから——。

「陛下」

俺はいう。

「今日のところは、四川《しせん》料理はやめましょう。俺、イタリアンが食べたいので。唐辛子を食べたいのなら、ペペロンチーノでもすすってててください」

振り返った陛下と目があう。陛下は少し眉をひそめて不機嫌そうな顔をしたが、まあいい、と夜見坂町広場とは反対に向かって歩きだした。

そう、俺は特になにも思うところはなく、ただ、チーズたっぷりのピザをがつがつ食べて、血糖値をあげまくって気絶したくなっただけだ。

でも、そんな感じでイタリア料理店に足を向け、駅前を通りすぎたときだった。

「斑目《まだらめ》くんはそうすると思ったよ」

遠くから、白川《しらかわ》隊長の声がした。

振り返ってみれば、夜見坂町《よみさかちょう》の駅舎のとなりにある、レンガ造りの時計塔の上に白川隊長が立っていた。

槍《やり》を持っている。白川隊長の身長よりも、長い槍だ。その槍は異質な感じがした。そもそも白川隊長の得物は剣で、槍を持ってること自体がおかしく、さらにその槍は白川隊長よりも大きな、周りから浮いているような存在感を持っていた。

白川隊長はその槍を振りかぶり、投擲《とうてき》した。

大気が、震えた。

次の瞬間、その槍は背中を向けたままだった陛下を後ろから貫き、地面に突き立っていた。遅れて地面にクレーターができ、俺はヨハンと一緒に後ろに吹っ飛んでしまう。

顔をあげると、槍に貫かれた陛下が、力なく首《こうべ》を垂れていた。地面に、膝まで突いている。そんな陛下をみたのは、初めてだった。

陛下を貫いた槍は、とても長く、錆《さ》びだらけだった。その槍をみていると、なんだか不吉で、不安な気持ちになってくる。

「ヴァチカンから借りてきました」

白川隊長は尖塔《せんとう》から飛び降り、ふわりと地面に着地して、こちらに向かって歩いてくる。

「ゴルゴタの丘で、あの尊いお方を貫いた槍です。さすがのあなたも、この槍の前では身動きひとつできないでしょう」

白川隊長は、力なくうつむく陛下のとなりにきて、顔を近づける。

「あなたは長い生のなかで、きっとそのお方にも会ったことがあるんでしょうね」

そして、白川隊長は陛下の正体をいった。

「堕天使ルシファー」

■第四章　パーフェクト

学校から帰って、カバンを置いて桜田門《さくらだもん》に向かう。

メトロの改札をでて、階段を登って地上にでると、いろんな省庁のビルが建っている。

ひとつ、なんの案内板もない無記名のビルがあって、それが陰陽寮《おんみようりよう》のオフィスだった。

入り口から入り、エレベーターに乗って、強行一課と二課のある三階へいく。

デスクには誰も座っていなかった。でも、廊下に立っていると、あのピンク髪の花山《はなやま》隊長に声をかけられた。

「白川《しらかわ》隊長は出払ってるよ」

花山隊長がいう。

「今日は私が待機なんだよね。遊んであげるよ」

俺は花山隊長と一緒にトレーニングルームで基礎体力向上のトレーニングをして、逮捕術の訓練をした。そのあとは座学で、いろいろな不死者の特徴を学んだ。そのなかには幽霊退治の方法もあった。死体を探して焼くというものだった。

「俺、幽霊はちょっと苦手なんですよね～」

「じゃあ今度、一緒に呪われた廃墟《はいきよ》団地の除霊にいこうね」

「え？　俺、苦手っていったんですけど？」

「もう遅いし今日は帰りなよ。私たちはこのまま宿直だからさ」

そういわれて、陰陽寮のオフィスをあとにする。家に帰ったときにはもうへとへとで、ベッドに倒れこんで眠った。そして朝にはちゃんと起きて、学校にいく。

陛下が槍《やり》に貫かれてから一カ月、俺は学校にゆき、放課後は陰陽寮でアルバイトをする生活を送っていた。訓練生だ。

「君は堕天使に利用されていたんだよ」

陛下が槍に貫かれた日、夕焼けに染まる駅舎の前で、白川隊長はいった。

「彼女はね、君から力をもらっていたんだ」

ルシファーはラテン語で明けの明星、光を掲げるものという意味らしい。

天使のなかで最も美しく、ありとあらゆる生き物たちから敬意を払われ、愛されていた。

でもあるとき、神と対立し、天国を追放されて堕天使となった。

「天使長ルシファーの力の根源はね、『祝福』だったといわれている」

祝福とは敬われること、愛されること、正の感情を向けられること。

天国を追いだされるとき、ルシファーは神様にその『祝福』をとりあげられたらしい。

それで世界の誰からも忘れ去られ、力を失った。

「君の彼女へ向ける感情は『祝福』と同じ働きをした。君と一緒にいることで、彼女は力を少しだけ取り戻した」

俺と陛下の忠誠心の永久機関。

陛下が英国屋《えいこくや》で街の人のために働いていたのも、みんなから正の感情を向けられることでかつての力を取り戻そうとしたのではないか。

それが陰陽寮《おんみようりよう》の調査部からの報告だったという。

さらに調査部は聖杯についてもレポートをだした。

「今、街を騒がしている聖杯は、もともとルシファーのものだったらしいよ」

天国を追放されるときに取りあげられた、それまで持っていた力。エネルギー。それが王冠の形となり、クロマリちゃんの頭にくっついている。

調査部の説明に基づくと、陛下の動きは一貫していることになる。英国屋も、聖杯も、自分が持っていた力を取り返そうとしていたということで説明がつく。

「堕天使ルシファーは自分が神になろうとして、天国を追放された。悪魔の王と解釈されることもあるし、終末戦争の引き金をひくともいわれている。これで、よかったんだよ」

俺の身柄は陰陽寮預かりとなった。

ルシファーと一緒に行動していたことと、陛下の力がまだ俺の体に残っているためだ。

でも、監視されるとか、拘束されるという類《たぐい》のものではなかった。俺はあくまで不死者に利用された被害者という立場だった。白川《しらかわ》隊長の配慮だ。

それで、せっかく不死者とかかわる世界で経験を積んだのだから、このまま陰陽寮の職員になったらどうかという話になった。

「非公式の国家機関で街の平和を守る、映画みたいな仕事だよ」

白川隊長はそういって俺を誘った。

「大きな仕事のあとはケータリングでパーティーだ」

「それは、ちょっと……素敵ですねぇ！」

ということで、俺はアルバイトの訓練生になり、高校に通いながら放課後は陰陽寮でトレーニングするという生活がはじまった。

高校でたらそのまま就職の流れだ。もっとよく考えて、いろいろ検討してから結論をだすべきことのような気がしたけど、初めてバイトのお金が振り込まれたとき、とりあえずこれでＯＫ！　という気持ちになった。

俺はラーメン屋でいっぱいトッピングして、映画館ではポップコーンだけではなくチュロスとかなんか豪華なセットを頼む高校生になった。

そんな生活のなか、一度だけ、英国屋に立ち寄ったことがあった。

木下《きのした》珈琲《コーヒー》店の二階にあがってみると、そこは空き部屋になっていた。その場にあったものは陰陽寮に全部押収された。

でも、明らかにいらないものと思われたのか、バットとチェスの駒だけが床の上に放置されていた。

バットは草野球に駆りだされたときのもので、チェスの駒は、陛下が近所のおじいちゃんに将棋の相手をしてほしいと頼まれたときのものだ。陛下は自分が将棋のルールを知らないので、チェスの駒で将棋盤の上に乗りこんでいったのだ。クイーンが飛車をとる様は圧巻だった。

俺はバットとチェスの駒を持って帰った。

聖杯戦線のほうは、あっけなく片がついた。

海外からマモンだかなんだかの名前を持つすごい悪魔がやってきて、クロマリちゃんを確保した。当然、陰陽寮《おんみょうりょう》は奪還作戦を考えた。でも相手は超強い悪魔で、人間社会ではマフィアのボスで、組織力もあった。

それでも白川《しらかわ》隊長が、周囲の反対を押し切り、なんなら命令違反をして単騎で突入して、戦闘して、ひとりでクロマリちゃんを確保して持って帰ってきた。

オペラ上演中の会場にのりこみ、薄暗い客席のなか、観客としてきていた悪魔たちを全員斬り殺した。そのあと少しオペラを聴いたあと、会場を後にしたらしい。

俺は学校にいってたからその場にいなかったんだけど、オフィスに戻ってきた白川隊長は超殺気立っていて、近くにいるだけで斬られるんじゃないかって、みんな怯《おび》えたらしい。

でも、クロマリちゃんをちゃんと手に握りしめ、白いコートは返り血を浴びることなく、真っ白なままだったそうだ。

「聖杯の保管場所は局長と白川隊長しか知らないんだよね」

陰陽寮のオフィスで、花山《はなやま》隊長はいった。

「都内のどこかにあるらしいんだけど」

「聖杯はどうするんです？」

「京都《きょうと》に運ぶってさ」

御所の地下にシェルターがあって、そこに保管する予定らしい。

「ルシファーは槍《やり》と一緒にヴァチカンに引き渡す。それで今回の事件は終わりだね」

陛下も都内のどこかに拘束されているけど、やはりその居場所は局長と白川隊長しか知らないのだった。

街はとても静かになった。

学校に通いながら陰陽寮で訓練生をやる生活はわるくなかった。というより、どちらかというとよかった。健康的だし、お金もある。

なにより、白川隊長がいた。

◇

「斑目《まだらめ》くん、一緒に帰ろうよ」

週末の夜、陰陽寮《おんみようりよう》のオフィスで電話番をしていたら白川《しらかわ》隊長に声をかけられた。

それで、一緒にビルの外にでたところで、私服の白川隊長がいう。

「せっかくだし、飲みにいこっか」

白川隊長が知っているバーがあるというので、そこにいって、カウンターで横ならびになる。白川隊長はなんかオシャレなカクテルを飲んで、俺は炭酸水をぺろぺろなめる。

お酒を飲むたびに、白川隊長の肌がほんのり赤くなってきて、最高だった。

「斑目くんと付き合う可能性はあるっていったけど～」

白川隊長はもう酔っぱらっている。

「まずは友だちからだからね～」

そういいながら、しなだれかかってくる。

「だって君、なんかいい感じの後輩がいるでしょ」

「華《はな》ちゃんですね」

「そういうの、ちゃんとしないと私、恋人にはならないんだからね～」

なんていったあと、赤い顔で――。

「キスしてあげよっか？」

「え、うぇ～！」

お酒ってすごい。

なんて思っていると、店に陰陽寮の人たちが入ってくる。

「白川、俺が教えた店、さっそく使ってるじゃん」

誰かがいって、白川隊長が顔をさらに真っ赤にする。

「私が～！　斑目くんの前でお姉さんぶってるのに～！　ネタばらししないでくださいよ～!!」

二十歳になったばかりの白川隊長がオシャレな店を知っているはずがないのだった。

そんな感じで、結局みんな一緒になって飲んだ。

いろんな人たちに肩を組みながらいわれた。離職率の高い職場なのだ。

「斑目、やめんなよ～!!」

マスターがカメラで記念撮影もしてくれた。これ、絶対あれだ。十年後にこのみんなで撮った写真を見返して、セピア色の思い出に浸って、めっちゃエモくなるやつだ。

飲み会が解散になったあとは、酔いつぶれた白川隊長を背負って、白川隊長の住むマンションまで連れて帰った。

白川隊長が嘘《うそ》の道順をいっぱい教えるから、かなり遠回りした。

部屋はタワマンの最上階だった。

「すげ～!!」

玄関で驚く俺に、白川《しらかわ》隊長がいった。

「泊まってく？」

「いえ、さすがにそれは……泊まりますっ！」

白川隊長が入ったあとの湯船に浸《つ》かり、白川隊長が普段着ているオーバーサイズのTシャツを着て寝る準備を整えた。

俺はソファーで寝ることに慣れているから、そこはわきまえてソファーで寝ようとする。

でも——。

「私、抱き枕がないと眠れないんだよね」

もちろん、俺は抱き枕になった。

電気を消した部屋、広いベッドの真ん中で、白川隊長に頭を抱えられている。白川隊長は、陛下と同じく、下着で眠るタイプだった。

俺は、下着姿の白川隊長に枕として抱きしめられていた。

顔はしっかり胸の位置。サイズはもちろん隊長級。枕だから足だってかけられる。

俺はめっちゃ緊張するんだけど、白川隊長は酔っぱらってるからリラックスしてて、そのまま寝る感じだ。だから俺はちゃんと抱き枕になろうとする。ただ、ひとつだけお願いをする。

「白川隊長」

「なに？」

「俺も抱きしめていいですか？」

「いいよ」

白川隊長の感触、めっちゃ女の子って感じだった。女の子ってこうだったらいいな、って思ってた理想の感触。なんだかやわらかくて、肌がすべすべしてて、いい匂いで、強いイメージからは想像できないくらい華奢《きゃしゃ》で、絶対そんな必要なんてないんだけど、守ってあげなきゃって気持ちになる。

いずれにせよ、マジで幸せだった。

そのまま眠ろうと目を閉じ、しばらくしたあとだった。

白川隊長が眠そうな声でいう。

「近いうちに聖杯は京都《きょうと》に移しちゃうから」

京都御所の地下の奥深くに封印して、誰もさわれなくするという噂《うわさ》はきいていた。

「みんな幸せになれるよ。日本が千年王国になるんだ」

「石油が湧きだして、働かなくてよくなるんですね」

「全部終わったら……」

白川隊長は俺の頭を抱きしめながらいう。

「ちゃんとデートしようね」

俺は白川《しらかわ》隊長の胸の大きさを感じながらこたえる。

「はい。デートしまっしゅ」

◇

白川隊長のマンションに泊まってから数週間後――。

「ここにいたんですね」

華《はな》ちゃんが俺のとなりの席に座っていう。

「また学校こなくなっちゃって、心配したじゃないですか」

「映画を観《み》たくなったんだ……」

夜見坂町《よみさかちよう》の単館系の古い映画館でのことだ。俺は体をシートにうずめて、だらんとしていた。

「受付の人にききましたよ。ここ一週間、通い詰めで朝から晩までいるらしいじゃないですか。同じ映画しかやってないのに、よく飽きないですね」

「落ち着くんだよ」

俺はいう。

「シネコンでいっぱい食べ物を膝に置きながら観る映画も最高なんだけど、やっぱりここが落ち着くんだ」

シアターには俺と華ちゃんしかおらず、スクリーンには白黒の古い映画が上映されていた。

「天使の人たちの職場にはいってるんですか？」

「いってない」

「ええ～」

「訓練生の俺は待機なんだ」

しばらく前から、陰陽寮《おんみょうりょう》は特別警戒態勢に入っている。聖杯の移動に着手したのだ。京都《きょうと》の地下保管庫に入れて封印したら、もう誰も聖杯に手をだせなくなる。保管庫に入れた人間もだ。取りだすための解除ロックは用意されてない、厳重な金庫みたいなものらしい。

そうなると、聖杯を欲しい輩《やから》たちの最後のチャンスが、この移動の瞬間になる。

実際、東京《とうきょう》湾の外側、公海には今、国籍不明の軍艦が停泊しているらしい。

十中八九、最後の襲撃がある。

かなりインテンシティーの高い場面で、訓練生の俺は待機となった。

聖杯は今日、東京駅から新幹線で京都に輸送される。乗客は全員、陰陽寮の職員だ。新幹線以外に、おとりのトラックや車もいっぱい京都に向けて走らせるし、いかにも雰囲気のあるアタッシュケースを持った職員が、羽田《はねだ》や成田《なりた》から関西《かんさい》空港に向かってとんだりもする。

その任務が終われば、また平常運転に戻る。

「別にくさくさする場面じゃないですよね」

華《はな》ちゃんはいう。

「なのに、なんでまたそんなやさぐれてるんですか？」

「陛下も今日、ヴァチカンに引き渡されるんだ」

「……そうだったんですか」

陛下が今どこにいるのか、どこで受け渡しをするのか、俺は知らされていない。そこはやっぱり、陛下の影響下にあった人間ということで、線引きがされているのだろう。

「ねえ華ちゃん」

俺はいう。

「俺、学校でけっこう評判がいいんだ」

「そうみたいですね」

「身だしなみがちゃんとしてるって先生に褒められるし、英語がめっちゃできるようになって、頭いいってみんなに感心される」

約束も時間も守るし、人が嫌がるような雑用も引き受ける。ノブレス・オブリージュ。

「女の子がいたら扉を開けるし、重そうなものを持ってたら俺が持つ。そういうことしてたら、このあいだなんて、クラスメートの女の子に告白された」

「らしいですねえ！　一年女子のあいだでも、先輩はちょっとだけ評判です。ちょっとだけですよ！」

華ちゃんは、くぅん、くぅん、と鳴き声をあげる。

「俺のやってることってどれも形式的なことなんだけど、それで人とうまくやれるようになって、学校が楽しくなったっていうか、人や、社会とやっていける気がしてるんだ」

でも——。

「全部、陛下のおかげなんだ」

そこで俺は華ちゃんにきく。

「陛下って、わるいやつだと思う？」

「私は……エリさんのふざけたとこしか知らないですし……でも、斑目《まだらめ》先輩の慕う気持ちを利用したという話が本当なら、それは許せないことです」

堕天使ルシファーは最も美しい天使で、生きとし生けるもの全てから敬意を払われていた。それが力の根源だったけど、神様に祝福を奪われ、世界から忘れ去られて力を失った。

だから、俺を利用したり、商店街のみんなに恩を売って、力を取り戻そうとした。

それが陰陽寮《おんみようりよう》の調査部の見解だ。でも——。

「俺は、ちがうと思うんだ」

スクリーンを観《み》ながらいう。

「陛下が女優をやったこともあるっていうやつ、あれ、本当なんだ」

「え？」

「ほら」

スクリーンに映しだされた白黒の映画はクライマックスを終え、エンディング前のラストシーンにさしかかっている。

ヒロインのハートを射止め、国のために働いた主人公が、最後、女王陛下から勲章をもらうシーンだ。

主人公が宮殿のなかに入る。

女王陛下の顔がアップになる。

そこで、華《はな》ちゃんが声をあげる。

「えぇ～!!」

女王陛下は紛《まぎ》れもなく、あの陛下だった。

セリフはない。ただ勲章を授与するだけ。でも、画面のなかで、陛下は誰よりも美しかった。ヒロインなんかめじゃない。当然だ。世界で最も美しい存在なのだ。

「陛下が初めて俺に声をかけてきたのは、ちょうどこの映画館をでたところだった。そのとき上映してたのも、この映画だった」

「斑目《まだらめ》先輩は……」

「この映画の、あのシーンが好きで、何度も繰り返し観てた。誰も観にこないこの映画を、ひとりで」

だから――。

「陛下はきっと、嬉《うれ》しかったんだと思う」

世界から忘れ去られてしまった陛下。

でも俺は、そんな陛下がでている映画を繰り返し観ていた。

陛下が俺に声をかけたのは偶然じゃない。そして、俺が陛下についていったのもなんとなくなんかじゃない。

「俺は陛下が英国屋《えいこくや》をやっていた気持ち、なんとなくわかるような気がするんだ」

「エリさんの気持ち、ですか」

「俺、最近、すげ～幸せだったんだ」

お金に余裕ができて、好きなことができた。

きれいな女の人と、めっちゃイチャイチャした。

就職の不安もなくなった。

姿勢がよくなって、礼儀正しくなったから、学校でちょっとモテた。

英語が上手で、賢いって思われるようになった。

「いわれて嬉《うれ》しい言葉、いっぱいあった。特に頭いい、はなんかすごいよな。学校って勉強するところで、頭よくなるためのとこで、小さい頃からずっとそこにいるから、頭いいっていわれたらめっちゃ嬉しいんだ。中毒性がある。もっといわれたいし、そういうふうに振る舞いたくなるし、なんでもそれで判断したくなる」

きっと、場合によってはかっこいいとか、かわいいもそういう類《たぐい》の言葉なんだと思う。

「でもさ、なんかちがうんだよ」

「ちがうんですか？」

「それってさ、全部、俺なんだよね。俺かしこい、俺かっこいい、俺かわいい、俺すごい、俺すごい、俺、俺、俺、俺、主語が自分しかないんだ」

「じゃあ、斑目《まだらめ》先輩は人からなんていわれたら嬉しいんですか？」

「『ありがとう』」

俺が本当に喜びを感じる瞬間、幸せだったとき。

「一番楽しかったのはさ、やっぱ英国屋《えいこくや》をやってたときなんだ。頭いいとかかっこいいとかいわれるよりも、映画館で好きな映画をおやついっぱい食べながら観《み》るよりも、草野球に人数合わせでいって、四打席三振して超カッコわるいんだけど、きてくれて『ありがとう』っていってもらえるのが、一番嬉しいんだよ」

　陛下はきっと、寂しかったんだと思う。

　別に、自分の力を取り戻したくて、他人のために英国屋として働いていたわけじゃない。

「きっと、ただ、ありがとうっていわれたかっただけなんだ」

　俺は華《はな》ちゃんにいう。

「陛下はね、丸いテーブルにしか座らないんだ」

　英国屋のリビングにあるお気に入りのテーブルもそうだし、陛下が中華料理屋を好むのもテーブルが丸いからだ。

「円卓……ってことですか？」

「丸いテーブルはみんなと一緒に肩をならべるってことの象徴なんだ。陛下は専制君主制しか認めないけど、そういう人なんだよ」

　俺は席から立ちあがる。

「あの、斑目先輩、まさか……」

「実は今朝、陰陽寮《おんみょうりょう》のオフィスに退職届を置いてきたんだ」

「えぇ〜！」

「俺は英国屋をやるよ」

「それ……天使の人たちと衝突しちゃうんじゃないですか……」

「そうなるかもね」

俺は今から、陛下がやろうとしていたことを代わりにやろうと思う。

そうなると陰陽寮《おんみようりよう》と対立することになる。

俺は陛下がいなくて、ただの人で、向こうは超強い。

でも──。

「大丈夫、思いだしたんだ」

華《はな》ちゃんが、「なにをですか？」ときく。

「陛下がいってた、人が生きていくのに必要な六つのこと」

「前もいってましたよね」

華ちゃんとデートしたとき、俺はその話をした。

「あのとき、俺は最後の一つを思いだせなかった。でも今、思いだしたんだ」

俺は陛下がいっていた、六つの言葉をいっていく。

人が生きていくのに必要なこと。それは──。

礼節。

博愛。

責任。

敬意。

規律。

そして。

「最後のひとつ、なんだったんですか？」

華ちゃんがきいて、俺はピースサインをしながら、こたえる。

それは――。


「勇気」

◇

映画館をでたあと、俺はまず夜見坂町《よみさかちょう》で一番歴史のあるバーバーにいった。バーバーとはつまり床屋のことだ。髪を切ってセットしてもらい、顔を泡だらけにして顔剃《かおぞ》りもしてもらった。次にラビのテーラーにいった。

「エリに、君のために用意しておくよういわれていたわ」

ラビがだしてきたのは、ブリティッシュスタイルのスーツだった。

「いつか、着ることになるだろうって」

俺はシャツに袖をとおし、カフスボタンをする。ズボンを穿《は》いて、ベルトを締める。ジ

ャケットを着てネクタイをして、タイピンでとめる。

俺は鏡に映った自分をみながらいう。

「どうですか、陛下」

俺、今、すげ～紳士になってますよ。

でも、それにこたえてくれる陛下はいない。

それで俺はちょっと涙がでそうになってしまう。

「寂《さみ》しがり屋《や》ね」

ラビがいう。

「君はエリに似ているわ」

それから静かなるフライデーが傘を差しだしてくる。

俺は首をひねる。今日、雨が降る気配はない。

でも、ラビはいった。

「持っていくといいわ。銃弾の雨を避《よ》けるのに、傘は必要でしょ？」

◇

俺はまず東京《とうきよう》駅に向かった。

聖杯は新幹線で京都《きようと》に向かう。陰陽寮《おんみようりよう》の組織の力を使えば、終電後に走らせることもできたけど、そっちのほうが目立ちそうだからという理由で、通常ダイヤの運行のなかで、全ての乗客を職員にする作戦が採用された。

俺はそこにひとりでつっこんで奪還作戦をやるつもりだった。

でも――。

駅のホームに乗りこんだとき、そこはすでに死屍累々《ししるいるい》だった。一般人のふりをしていた陰陽寮の職員の人たちが、みんなぶっ倒れているのだ。

「なんで？　一体なにが――」

辺りをみまわすと、ピンク髪の花山《はなやま》隊長をみつけた。柱を背にして、座りこんでいる。

俺が駆けよっていくと、花山隊長は俺に制式採用の銃を向けた。

「君どっち？」

「え？」

「白川《しらかわ》派？　局長派？」

よくわからなくて戸惑っていると、花山隊長は銃をおろした。

「局長が裏切ったのよ。いえ、もとからそうだったのかもしれない。いずれにせよ海外の勢力と通じてた。聖杯を奪って、自分たちで使おうとしてる」

公海に待機している軍艦は、どうやらそのお迎えらしい。

「隊長も半分以上が局長派よ」

局長は、いつもスーツを着ている貫禄《かんろく》のあるおじさんだ。白川隊長がくるまでは、彼が一番強かったときいている。そして、そんな会話をしているあいだにも、新幹線の車両のなかからは銃声が断続的に響いていた。

「制圧されるのは時間の問題ね……」

「聖杯は車両のなかにあるんですか？」

「そうだけど」

「俺、ちょっと、とってきます」

俺は上着を脱いで、傷ついた花山隊長の肩にかける。

「花山さんはここで休んでてください」

「え、斑目《まだらめ》くん、ちょ、ちょっと——」

もう一刻の猶予もない。俺は新幹線の車両のなかに走りこんでいく。一号車に入ったところで、制服を着た天使隊の人に銃を向けられる。局長派だ。彼らは秘密裏に事を運ぶ気がないから、目立ってもいいのだ。

だから容赦なく発砲してくる。

俺は寸前でその手をひねりあげる。そこから足をかけて転ばして、あごの下に腕を入れて圧迫して、十秒ほどで相手は落ちる。

一号車のなかでは陰陽寮《おんみょうりょう》の人、局長派の人、それぞれが血を流して倒れていた。かなりの激戦だったらしい。

そして一号車に聖杯はなく、俺はつづいて二号車に移動する。

二号車も同じように、たくさんの隊員が倒れていた。

ただ、車両の反対側にひとり、トンプソン・サブマシンガンをかまえた男がいた。

俺の姿をみるなり、容赦なくトンプソン・サブマシンガンを撃ちまくってきて、俺はシートの陰に逃げこむ。腹の底に響くような重い音が断続的に響く。

陛下の命令があればこんな状況でも、とんでもアクションでなんとかできるんだろうけど、今の俺にそんなことをする力はない。

でも、なにもないわけじゃなかった。

俺の手には――傘があった。

◇

傘を受けとるとき、テーラーでラビがいっていた。

「その傘は普通の傘じゃないわよ」

なぜ普通じゃないかというと――。

「エリが持ってきた、よくわかんない金属の塊をシャフトに使ったから」

「よくわかんない塊……」

「エリは古い不死者だけあって、カジュアルに聖遺物を持っているから。ステッキもそうよ」

陛下は英国屋《えいこくや》の部屋のすみっこに山積みにされたガラクタのなかからみつけたステッキを好んで使っている。

「あれはトネリコの木でできているわ」

「それって、その辺に生えてる木じゃないんですか？」

「君はもう少し不死者の世界を勉強する必要があるわね」

どうやらあのステッキはすごい素材でできたステッキらしい。

「不死者の戦いは格のバトルよ。種族の格と、持ってる聖遺物の格で決まる」

「じゃあ、この傘のシャフトの材料も、すごい格を持ってるんですね」

「おそらくね。エリはいっていたわ。それなりの代物だけど、長いあいだテキトーに保管していたら溶けて丸くなってしまった、と」

それがラビの手によって傘になったというわけだった。

◇

新幹線の車内――。

俺は陛下を信じて、よくわかんない金属がシャフトに使われた傘を開き、トンプソン・サブマシンガンに向かっていく。

布はただのいい布だったけど、しっかりと銃弾を防いだ。

そのまま近づいていって、傘を畳み、それで相手をしばきあげる。そいつが昏倒《こんとう》するほど強くぶっ叩《たた》いたけど、傘が歪《ゆが》むことはなかった。

「この傘すげ～!!」

そんなノリで、俺は傘で銃弾を受けながら、二号車、三号車と、どんどん進んでいく。

傘はなんだか俺にあっている気がした。

銃より優しくて、剣より穏やかだ。

陛下にはステッキを使ってもらって、俺は傘で、これで英国屋《えいこくや》をやっていこう。

そんなことを考えながら、新幹線の車両内を進んでいき、ついにグリーン車の車両にたどり着く。

その車両に立っているものは誰もいなかった。白川《しらかわ》派がかなり強く抵抗したらしい。これまでの車両よりも、たくさんの人が倒れている。そしてその理由は聖杯だった。

男の人が、黒いアタッシュケースを抱えて絶命していた。

「ごめんね」

俺はそういいながら、アタッシュケースを腕のなかからとる。

「でも、これ、俺たちのものじゃないからさ。本来の持ち主に返さないと」

そして、アタッシュケースを抱えたときだった。

なんだか、お腹《なか》のあたりに寒気が走った。

咄嗟《とっさ》のことだった。

きらりと俺の間近で金属製の光が目に入って、反射的にそこに向かって傘を差しだす。

瞬間、俺は後ろに吹っ飛んで壁に背中をぶつけていた。

なにが起きたのか、遅れて理解する。

誰も立っているものがいないはずの車両のなかで、いつのまにか懐に潜りこまれ、体を一刀両断にされそうになった。寸前、傘で受け止めたけど、力が全然ちがいすぎて、吹き飛ばされた。

「いって～!!」

腰に激痛が走る。陛下の力がなければ、俺の体は普通に脆《もろ》い。でも痛がっているヒマはなくて、すぐに目の前に銀色の光が迫っている。

咄嗟に俺は横に転がる。次の瞬間、シートは真っ二つになっていた。

相変わらず敵の姿はみえない。

数秒置いて、今度は視界の下のほうで、白刃がきらりと光る。ほぼ同時に、俺は後ろに下がって、難を逃れる。天井まで亀裂が入っていた。

さらに立てつづけに、四方八方から攻撃される。

俺はそのたびに傘で受けとめたり、かわしたりした。ほとんど勘で逃げているだけで、やられるのは時間の問題だった。でも——。

背後で割れたガラスを踏む音がして、俺はそこに向かって思い切り傘を横に振った。

傘は今までにないくらい軽く、速く、そして重かった。シートを粉々に砕きながら、背後の相手まで届く。傘の、超性能。

金属と金属がぶつかる音がして、車両の窓ガラスが衝撃で割れる。

手ごたえはあった。でも、やったわけじゃない。相手はしっかり俺の傘を、自分の剣で受け止めていた。

「なにその傘？」

ついに、敵が姿をあらわしていう。

「いや……まずは傘の話とか、そういうんじゃないでしょう」

俺は、そいつに向かっていう。

「なかなかいいとこで登場するじゃないですか～」

「柳下《やなぎした》副隊長！」

◇

斬りかかってきたのは陛下に撃たれて死んだはずの、あの柳下副隊長だった。泣きぼくろのある、控えめな女の人。白川《しらかわ》隊長と同じく、なんかすごい天使の加護を受け、存在感を消す能力を持っている。

「柳下さん、わるいやつだったんですね～」

「聖杯、渡してくれる？」

柳下副隊長は片手で鍔迫《つばぜ》り合《あ》いをしながら、俺が手に持つアタッシュケースをつかんでくる。俺が離さないでいると、容赦なくもう一方の手で持った剣を振り下ろしてくる。

さすがに力だと分が悪くて、俺はそれを両手で持った傘で受け止める。

アタッシュケースを奪われるんだけど、すぐにケースを蹴りあげる。ケースは柳下副隊長の手を離れ、床を滑っていく。ふたりでシートを飛び越えながら競走になる。

俺は柳下副隊長の肩をつかんでとめようとする。でも、その手をひねりあげられそうになって、急いで手をひっこめる。アタッシュケースに向かってシートを飛び越えながら乱取りをして、でも、視界のなかから、ふっと柳下副隊長の姿が消える。

次の瞬間、前かがみになっていた背中に、乗られていた。

そのまま頭を踏まれて、俺はシートの角に顔をばきっと叩《たた》きつけられてしまう。鼻がつんとして、熱いものが流れる。

顔をあげると、柳下《やなぎした》副隊長がアタッシュケースをつかんでいた。

アタッシュケースはがたがたと揺れている。

「クロマリちゃんがイヤがってるでしょうが～！」

俺は傘の柄でひっかけてアタッシュケースを取り戻す。

「俺はクロマリちゃんを助けるユルマリちゃんってとこですね～!!」

「ユルマリちゃんとクロマリちゃんはそういう関係じゃないっていってるでしょ！」

剣で斬りかかってくる柳下副隊長。俺はその軌道にアタッシュケースを掲げる。剣先がぴたりととまる。でもすぐに下から蹴りがきて、あごでしっかりくらって、アタッシュケースを取り返される。俺たちはそんなやりとりを何度もする。取り返して、奪われて、取り返して、奪われて。そのうちに――。

「お前、私のこと、白川《しらかわ》の下にいる地味な女だと舐《な》めていただろ」

柳下副隊長の剣に力がこもる。

「私は局長の命令で白川隊の副隊長をやっていただけだ！」

力負けして、俺は吹っ飛ばされてしまう。けれど追撃はなかった。

柳下副隊長がついにアタッシュケースを手に入れたからだ。そして腕時計をみると、俺を無視して剣を振って車両の壁に穴を空け、そこから線路に降りていく。

「クロマリちゃんを誘拐しないでくださいよ〜！」

俺はすぐに後を追う。

外にでてみれば、柳下副隊長は新幹線の線路から、そこより低い位置にある在来線の電車の屋根に向かって飛び降りるところだった。

「マジ〜？」

俺もとりあえず走って線路の際までいってみる。いや、さすがに普通の人間の俺には難しい。でも、そうこうしているうちも、在来線の列車はどんどん前に進んでいって、最後尾がみえてくる。飛び降るチャンスはあと数秒。

でもそこで、ふと思う。

なんか、俺っていつも陛下の力をあてにしちゃってる。傘だってそうだし。でも、本当に大切なことはそういうことじゃない。

きっと未来を切り開くのはそういう力じゃない。

俺は自分に問いかける。

勇気はあるか。

映画のなかでよくあるセリフ。そして俺はちゃんと答えを持っている。

勇気は――。

「俺の心のなかにある！」

俺は跳んだ。走っている電車の屋根に向かって。

「うぉぉぉぉぉっ！　クロマリちゃぁぁぁぁぁん！」

きれいに着地できるわけもなくて、俺は車両の後ろに向かって、ごろごろごろごろ、って転がって、そのまま落ちそうになる。その寸前、最後尾の車両の端になんとか手を引っかけて、ぶら下がり、そこからなんとか屋根にあがった。

風を受けながら、ふらふらとバランスを取りつつ、前の車両まで屋根を移動していく。

そして一番前の車両まできて、柳下《やなぎした》副隊長に追いつく。

「君、バカ？」

振り返って、柳下副隊長がいう。

「そんなに白川《しらかわ》が好き？」

「美人はだいたい好きですね～」

「白川も君も、子供なんだよ」

柳下副隊長はいう。

「京都《きょうと》に聖杯を持っていって、日本を千年王国にしてなんの意味があるのかな。国が栄えて、個人が幸せになれると思う？　上は腐ってるよ。そいつらが喜ぶだけじゃない？」

「柳下さんは国のために働く仕事をしてたんじゃないんですか？」

「生きるためにしてただけだよ。組織や国に忠誠を誓うなんて流行《はや》らない。それって全体主義でしょ？　みんなそれで消耗した。流行らない考えかたね」

「海外に聖杯を持ちだせば柳下さんは幸せになれるんですか？」

「少なくとも、私たちはお金に困らなくなるし、天使の力も自分たちのために使うことができる。誰かに命令されたり、束縛されることもない。本当の自由。みんな、そこを目指してるんじゃない？　君も仲間にしてあげようか？」

「優しい世界ってやつですかぁ？　自由になって、自分の〝好き〟を追求して生きていくとかそんな感じのやつ、たしかに流行ってますよねえ！」

でも――。

俺は柳下副隊長に向かっていく。

「自由に好きなことやることが大切って、それでしっくりくるかっていわれたら、俺はあんまそう感じないですね！」

柳下副隊長が剣を振って応戦してくるから、俺は傘で受け止める。

「好きか嫌いかとか、自由か不自由かとか、民主主義か絶対王政とか、そんなんどっちでもいいんですよ！」

柳下副隊長が足払いをしてくるから俺は上に跳んでそれをかわす。電車の上で跳んだのに、後ろに向かってびょーんとならなくて、元いた屋根の位置に着地したから、なんでぇ～？　って思ったりもする。

「いや、好きのほうがいいでしょ。自由のほうがいいでしょ」

「まだそこにいるんですね」

俺はアタッシュケースの取っ手をつかむ。

「いいですか、人間に必要なのは、そういうことじゃないんですよ」

アタッシュケースを引っ張り合いながら、片手で持った剣と傘で俺たちは戦う。

「どんな境遇でも、どんな価値観でもいいんです」

なぜなら――。

「本当に大事なのは！　礼節、博愛、責任、敬意、規律、そして勇気だからです！　あと、俺は聖杯を手に入れても、白川《しらかわ》隊長には渡しません。本来、それを持つべき人に返します」

「君、正気？」

柳下《やなぎした》副隊長は怒った表情でいう。

「ルシファーは神に成りかわろうとしたのよ」

「陛下らしくていいじゃないですか～」

「人間界を地獄にする気？」

「案外、週休三日の理想の王国があらわれるかもしれませんよ～」

「付き合ってられないね」

列車が橋の下を通過しようとしたところで、柳下副隊長は俺を振り払い、アタッシュケースを持ったまま橋の上に跳躍する。

「クロマリちゃん今助けるからね、クロマリちゃんうおぉぉぉぉ！」

俺は華麗に欄干に飛び乗るなんて芸当はできないけど、ジャンプ一番、列車の上から橋の上に跳んで、ごろごろごろごろって転がって起き上がる。

「君みたいなやつ、好きじゃないよ」

柳下副隊長が俺をみおろしていう。

「やるんなら、もっと真面目にやりなよ！」

振り下ろされる剣。俺は傘で受け止める。

「君のご主人様も同じようなノリで、ムカついた」

「柳下さん、冷静で私賢いって顔してますけど、中身はイキリ陰キャ女だったんですね！」

「私はね、白川の暗殺が任務だったのよ」

最初から組織を裏切るつもりだった局長派からすると、とにかく強くて、悪いことを絶対に許さない性格の白川隊長はジャマだったらしい。

そこで、腕が立ち、暗殺に適した能力を持つ柳下さんが副隊長として送り込まれた。

「白川隊長は正しい心を持ってる人がわかるっていってましたよ」

「あの子がわかるのは、きれいなものだけ。普通の人間も、裏切ろうとしている人間も、全部同じにみえてる。ご立派なことにね」

そして、柳下《やなぎした》副隊長はその日、白川《しらかわ》隊長の暗殺を決行しようとした。でも、それを陛下に見透かされて、あの川沿いの場所で、「やめておけ」と声をかけられたという。

「あの女、最初から全部わかっていたのよ」

「陛下は、余計なことはくっちゃべりませんからねえ！」

柳下副隊長は当然、全てを知っている陛下の口封じに剣を抜いた。そこで、返り討ちにあった。ただ、陛下は柳下副隊長にとどめをささなかった。

「どうしてだと思う？」

柳下副隊長はいう。

「『飲み会ちゃんとこいよ』っていうのよ」

「さすが陛下！」

「舐《な》めすぎでしょ！」

ちなみに、夜な夜な陛下がバンバン銃を撃ってやっつけていた天使隊の隊員たちは、全てを知った陛下の口封じをしようとした局長派の人たちだったらしい。

「やっぱり悪いやつらだったんだ！　よかった、俺のヒューマニズム教育なんていらなかった、陛下は人間味あふれる浪花節《なにわぶし》陛下だったんだ！」

「陛下陛下って、うるさすぎ！」

また柳下副隊長は橋の反対側までいって、橋の下を通過中だった列車の最後尾に飛び移る。もちろん、俺もそれを追いかけて飛び降りる。

「まあ、いいけどね。おかげで白川が動いて、あの女もろとも聖杯から遠く離れた場所にいってくれたし」

陛下は今、槍《やり》に貫かれたまま、沖縄《おきなわ》にいるらしい。

「沖縄〜!?」

「聖杯の近くに置いておけるわけないでしょ」

白川隊長が遠方にいるというのは、局長派にとってかなり都合のいいことだった。

「やれやれ、私としたことが熱くなってしまった……」

柳下副隊長はもう俺と戦う気はないようだった。

「わかりますよ。柳下さん、どっかにいこうとしてるんですよね」

「勘はいいね」

次の瞬間、柳下副隊長の背後に、ヘリコプターがあらわれた。地を這《は》うように飛んで列車のそばまできて、浮上したのだ。

ヘリの扉が開き、柳下副隊長はそこに飛びこんでいく。聖杯を持って、逃げるつもりだ。

上昇をはじめるヘリ。

俺はプロペラの起こす風を受けながら、考える。

もし、頭のなかにあるイマジネーションのとおりに行動するとしたら、どうするだろう。

それはきっと——。

「こうだ！」

俺は傘の取っ手をヘリコプターの下についてるスキー板みたいな足にひっかけて、ぶらさがった。

ヘリコプターはそのまま高度をあげていく。都会のビルや建物が、どんどん足下で小さくなっていく。風が強くて、さすがに無茶《むちゃ》しすぎたかもって思いながらも、死にたくないから俺は必死で傘をつかみつづける。

どうやら、ヘリは海に向かっているらしかった。

公海に停泊中の、軍艦を目指しているのだ。

東京《とうきよう》駅付近からだから、すぐに海が近づいてくる。海上にでてしまったら、聖杯を取り返すチャンスはない。だから俺はぶらさがったまま、右に左に体をゆらす。

ヘリコプターってかなり繊細みたいで、すぐに傾きはじめる。そうこうしていると、頭上で扉が開いて、柳下《やなぎした》副隊長が顔をだした。

「しつこい！」

剣を振るけど、さすがにそれは届かない。でもすぐに柳下副隊長は制式の銃を持ちだして、こっちに向かって撃ってくる。俺は身を小さくする。ヘリはどんどん傾いていく。

「墜落したら君も死ぬってわからないの？」

「意外と傘を開いて、ふわ～っと着地して助かるかもしれませんよ～？」

「学校いって、物理の勉強してきなさい！」

柳下副隊長の撃った弾がヘリの足に当たって、跳弾し、上に跳んでプロペラを破損させる。ヘリから黒煙があがり、どんどん傾きながら高度をさげていく。

海には到達せず、その一歩手前、巨大な工場の屋根に突っ込んでいく。

さすがに傘を開いてふわっと着地なんてできないけど、工場の屋根が近づいてきたところで、俺は屋根に向かって飛び降りる。

でもヘリコプターも突っ込んできて、しっかりその墜落に巻き込まれ、崩れ落ちる天井とともに工場のなかに落ちていく。

気づいたときには、瓦礫《がれき》のなかに倒れていた。

顔をあげる。

工場は、海沿いにある巨大な製鉄所だった。

ベルトコンベアが無数に走り、そこに鉄くずが乗せられ、何基もある溶鉱炉にガタガタと運ばれていっている。

溶鉱炉からは、真っ赤になってどろどろに溶けた、マグマみたいな鉄がのぞいていた。

そんな工場の中心で――。

柳下《やなぎした》副隊長は地面に突き立った鉄柱に胸の中心を貫かれていた。

まるで、芸術的なオブジェのようだった。

流れ落ちる血。

さすがに天使の加護があってもその状態からの復活は難しいみたいで、虚《うつ》ろな表情のまま、なんとか鉄柱から抜けだそうとするが、鉄柱があまりに長く、どうにもできず、苦しそうにしている。ただ――。

その手に、クロマリちゃんを持っていた。

「……知ってる？　並の不死者じゃさ、聖杯は使えないんだ」

口から血をこぼしながら、柳下副隊長はいう。

「君は都庁でみたでしょ。目を焼かれて死んだ不死者をさ」

しゃべりながら、クロマリちゃんの頭の王冠をつかむ。

「でも、私なら使える。もとは大天使ルシファーの力。天使の加護を受けた私なら、きっと使える」

そして、なにやら人の言葉ではないなにかを口にする。

するとクロマリちゃんの王冠が輝いて分離し、人の頭に載るサイズに変化する。

「自分で使うつもりはなかったけど、仕方ないね」

柳下副隊長は動かなくなったクロマリちゃんを無造作に投げ捨て、分離した王冠を、自分の頭に持っていく。

次の瞬間、巨大な光の柱が立った。

◇

柳下副隊長をみて、最初に感じたのは恐怖だった。

彼女の形はひどく曖昧だった。最初は、王冠をかぶった柳下副隊長の背に、翼が生えた姿にみえた。でもよくみると、白い天使の彫刻のようにもみえた。そして次の瞬間には輪郭が曖昧になり、黒い人型のようにもみえた。その人型をよくみると、なぜか、その向こうに夜空が透けてみえるようだった。

つまり、ひどく曖昧で、特定の形を持っていない。

大きくみえた次の瞬間、小さくもみえる。

「素晴らしいね」

人型が、柳下副隊長の声でしゃべる。

「こんなにも美しく輝いている。これが天使の体なんだ」

柳下副隊長には自分の体がはっきりみえているようだった。もしかしたら、人間の目にとらえられないだけなのかもしれない。

天使は高次元の存在だと、ラビがいっていた。きっと、聖杯の力で、天国にある天使の本体がでてきているのだ。

「なるほど」

柳下《やなぎした》副隊長が言葉を発した瞬間、曖昧な輪郭すら、みえなくなった。

彼女が元々使っていた能力とはちがう。

みえなくなったのは、俺の目だ。柳下副隊長の姿だけでなく、周囲の風景もみえない。

「え？　え？」

突然の暗闇で戸惑っていると、柳下副隊長が耳元で囁《ささや》く。

「これ、すごいよ。五感を奪うことができる」

俺は声のしたほうに向かって傘を振る。もちろん、空振り。目が見えない状態で、かなり間抜けた感じになっているのだろう。

「次は嗅覚と聴覚」

俺はなにもきこえなくなる。

そして、味覚と触覚も奪われたのだろう。

俺は――。

自分の体の感覚まで、その一切をなくしてしまっていた。手があるのか、それを動かしているのかもわからない。真っ暗で、なにもきこえなくて、なにも感じない。自分の輪郭すらない。虚無の宇宙のなかに、意識だけが漂っているような感覚だ。

ひどく、不安だった。

どこまでもなにもない。でも声をあげることすらできない。

まるで自分がなくなったみたいだ。なにかとの距離を測ることもできないし、なにかを感じることもできない。

それはひどく寂しくて、ずっとこの状態だったら、一時間もしないうちに心が壊れてしまうだろうと思った。

でも、耳元で声がした。

「聴覚を戻してあげたよ」

柳下副隊長だ。

「次は体の感覚を戻してあげるね」

その瞬間だった。

情けないことに、俺は悲鳴をあげてしまった。一切の感覚をなくしている間に、左手の小指と薬指の骨を折られてしまったらしい。激痛とともに、自分の体の一部が壊れた感覚が襲ってくる。

「これはなかなか気持ちいいね」

俺が痛がっているあいだにも、柳下《やなぎした》副隊長はひとりでしゃべる。

「ほら、こんなに速く動くことができる。白川《しらかわ》なんかめじゃない」

そういわれても、俺は視覚がないからみえない。ただ、風を切るような音がするだけだ。

「天とだって通じてる。そんな感覚がある」

雷鳴がきこえた。

さっきまでは晴れていたはずだ。でも、顔に雨を感じる。工場の天井に空いた穴から、雨が降りそそいでいるのだろう。

「世界を滅ぼすことだってできそうだよ。そんなことしないけどね、あははっ」

柳下副隊長は聖杯の力でハイになっているようだった。

「ほらっ、みてごらんよっ、ほらっ」

そこから俺はけっこういたぶられた。

感覚を遮断されているあいだに斬りつけられていて、傷口に灼《や》けるような痛みを感じたり、突然、浮遊感があると思ったら、落下したりといった感じだ。

しばらくそんなことがつづいて、俺の体はもうボロ雑巾のようだった。

「全能感ってやつ、生まれて初めて感じてるよ」

柳下副隊長はいう。

「昔から思ってた。結局、人のできることなんてしれてるって。特別になんてなれないって。君も似たようなことといってたっけ？　人は誰しも誰かに頭をさげて生きていく」

たしかに俺は白川隊長と柳下副隊長に、その話をしたことがある。

「そのとおりだよ。私は君よりも幼いころからそのことに気づいていた。だから自分のことを特別だと思って調子に乗っているやつらをみるたび、冷めた目でみていたよ」

でも、と柳下副隊長はつづける。

「私は今、完全に特別だ。誰も到達できないところにいる。人間はもちろん、悪魔だって、白川だって怖くない。全てを思いどおりにできる。ただ金を持ってるだけとか、ただ頭がいいとか、クリエイティブだとか、そういう次元を超越してる。だって、全ての軸の外に、埒外《らちがい》の存在になったんだから」

ねえ、とその俺より高次元の存在は呼びかけてくる。

「すごいでしょ？　こわいでしょ？　敬いたい？　祝いたい？」

そんな高揚した気分の柳下副隊長に、俺はいった。

「……ダサいっすね」

「は？」

「超ダサいっすよ」

「なんで？　なんでぇ？」

柳下副隊長はまだ自信満々だ。

「もしかして負け惜しみ？　ダサいわけないよね？　だって、私、みんなが到達したかったところにいる。なんでダサいとかいうの？　強がるの？　なんで素直に私を敬って、祝えないの？」

「敬えるわけないじゃないですか。祝えるわけないじゃないですか」

「だからなんで？　なんでなんで？」

「そんなの決まってる」

強がりとかじゃなくて、負け惜しみでもなくて、俺は断固たる意志を持っていう。

「品がないから」

俺の、魂の価値観からでた言葉。

「すごいことをして、自分で必死にアピールする。そんなの品がない。それでは、どんなにすごくても、敬意や祝福は集まらない。ただダサいだけ」

「そういうこといっちゃうんだ」

柳下《やなぎした》副隊長の足音が近づいてくる。まだ、俺の目はみえない。

「さっきまでは痛覚がないときに傷つけて遊んでいたけど、ちゃんと感覚がある状態で痛みを与えてあげるね」

腹に鋭角な冷たいものを感じた瞬間、それは俺の肌を切り、なかに入ってくる。柳下副隊長の剣だ。ゆっくりと腹の底に沈んでいき、背中にでるところもしっかりとわかった。

俺は、悲鳴はあげないけど、反射的に低くうめいていた。

「弱いやつはね、強いやつの前ではちゃんと縮こまって、頭をさげて、怯《おび》えてなきゃいけないんだよ」

さらに深く刺してくる。でも――。

「あなたは自分が弱いとき、そういう卑屈な気持ちになっていたんですね」

俺は左手で、剣をつかむ。

相変わらず目はみえない。でもさっきまでとちがって、感覚がある。だから体を動かすことができる。

「強くても弱くても、品がないとダメです。あなたは裏切ったり、相手をこうやっていたぶったりするような、下品なことをする。だから負ける。品がないから負けるんです」

俺は剣をつかんだまま、もう片方の手で、柳下副隊長の頭がありそうなところに向かって傘を振った。

金属を弾《はじ》くような音がして、次にそれが地面に落ち、転がる音がする。

数秒も経《た》たないうちに、視界が戻ってくる。

柳下副隊長が驚いた顔をしている。よく知っている、人間の姿。はっきりした輪郭。

俺はその顔面に、傘を叩《たた》き込《こ》んだ。

◇

もう本当に動けなかった。

柳下《やなぎした》副隊長は後ろに下がるとき、俺の腹から剣を引き抜いていった。

工場の真ん中で、血が流れつづける。

空はもう晴れたみたいで、壊れた屋根から射《さ》しこんだ光が、ヘリコプターの残骸に降りそそいでいる。まるで、なにかの遺跡みたいだった。

天使がお迎えにきても不思議じゃない。そんな光景。

でも、どうやら俺のためのエンドロールは流れてくれないみたいだ。

「本当に君、しつこいね」

傘で顔をぶっ叩いたくらいじゃそこまでダメージはないみたいで、柳下副隊長が普通に起きあがってくる。そして、それだけじゃない。

いつのまにか、工場のなかには局長と、局長派の隊長が七人ほど集結していた。

みんな、興味なさそうに俺をみおろしている。

さっさと次にいこう、そんな感じの目つき。

「ま、こういうことだから」

柳下副隊長がいう。

「君のがんばり、意味ないし。私たちの勝ちってこと」

柳下副隊長はふたたび剣を手にして、近づいてくる。もう俺に抵抗する力はない。

でも――。

「俺の勝ちですよ」

「はいはい」

「柳下さん、そうやってクールぶって、なんか、逆に勝者、みたいな空気だそうとするのわるいクセですよ」

俺はいう。

「わかるんです。あなたたちは真の勝利にはたどりつかない。聖杯に頼って、聖杯さえあれば、なんて考える人たちに勝利の女神がほほ笑むはずがないんです。なぜならば、真の勝利は己の心で、己の手で勝ち取らなきゃいけないからです」

ヘリコプターにぶらさがって、腹をぶっ刺されて、ずいぶん俺はかっこわるかった。でも、俺はその資格、勝つための資格を得たようだ。

「勝つのは俺たちです。ほら――」

柳下副隊長の頭から落ちた王冠はまだ転がりつづけていて、工場の入り口に向かっていく。そこには、謙虚とは無縁の、とても尊大な態度の人影が立っていた。

俺は知っている。

物語の途中で退場した味方は、一番おいしいところで再登場する。

それにしても――。


「さすがにいいとこどりしすぎじゃないですか～？」

◇

沖縄《おきなわ》。

海上に浮かぶ船。

厳重に封印されたコンテナのなかに、槍《やり》に貫かれた女がいた。垂れた髪で、その表情はみえない。両手を鎖で吊《つ》られ、約二千年前に、同じ槍で貫かれた尊い人と似たポーズになっている。

女の口が動く。

「もう……ダメだ……」

女はうわごとのように繰り返す。その声色がだんだんと変化していく。

「もう、ダメだ、キツすぎる！」

いつのまにか、男の声になっていた。

「こんな苦しい思いするなんて、話がちがうだろ！　なにが時給二千円だ、全然割にあわねえじゃねえか！」

姿も変化しはじめる。

「早く解放してくれ！」

たしかに最初は女の姿だった。

しかしもう、それは英国屋《えいこくや》の女主人の姿ではなくなっていた。

変化して現れたのは――。

姿を変えて詐欺を働く小悪党。

シェイプシフターの阿部《あべ》だった。

◇

「なんで、あんたがここにいるの!?」

柳下《やなぎした》副隊長が驚いた顔でいう。

沖縄で拘束されているはずの陛下が、ここにいたからだ。

局長以下、隊長たちも堕天使ルシファーが突然この場に現れたことに驚き、すぐに、それぞれの得物を抜く。

「なぜ私がここにいるか？　諸兄も世にまかりとおる格言を知らぬわけでもないだろう」

陛下は涼しい顔でいう。

「古い不死者はくわせものだ」

王冠となった聖杯は、そのまま陛下の足元に転がっていく。白く細い指が、その王冠を拾いあげた。

「なるほど」

陛下はその王冠を頭に持っていく。

「たしかにこれは私の力だったものだ。懐かしいな」

堕天使ルシファーの戴冠。

局長やその一派である隊長たちが即座に反応する。剣や銃火器をかまえ、歴戦の貫禄《かんろく》がある戦士たちが陛下を取り囲み、襲いかかろうとする。

でも――。

「頭《ず》が高い」

陛下がいった瞬間、こわもての隊長が、陛下に跪《ひざまず》く。彼は驚いた顔をしている。

陛下は意に介することなく、俺のほうにゆっくりと歩いてくる。

そこに戦いを挑もうとする隊長たち。

陛下はただ言葉を発する。

「跪け」

「首を垂《こうべ》れろ」

「ひれ伏せ」

「道をあけよ」

局長も、柳下《やなぎした》副隊長も、みんな跪く。

彼らが左右に分かれ、首を垂れる真ん中を陛下が歩いてくる。

「陛下～カッコつけすぎ～」

なんていってると、イケおじの局長が気合の咆哮《ほうこう》とともに、たちあがる。さすが人の上に立つだけあって、陛下の命令中でもちょっと動けるらしい。

そしてそのちょっとのあいだで、剣を振って、俺が柳下副隊長にやったみたいに、陛下の頭の上に載っていた王冠を弾《はじ》きとばす。

「あら」

なんていう陛下。

動きだす隊長たち、局長が声を張る。

「聖杯を確保しろ！」

局長が聖杯に向かって走りだそうとして、陛下がその足にステッキをひっかける。

局長が額に青筋を浮かべる。

聖杯を手にしたものが、この場を制圧できるという最終局面。

陛下が俺をみて、俺はうなずく。そして――。

「斑目《まだらめ》、義務を果たせ」

陛下はとびきり威厳のある口調でいった。


「女王陛下の名の下に」


陛下はステッキで隊長たちと戦いはじめる。戦ってる最中、ひとり聖杯を目指していた隊長がベルトコンベアの上にのっかった聖杯を手にしようとする。陛下はその場にあったレバーを引く。するとベルトコンベアが動きだして隊長の手は空振りする。

俺の体はそのあいだに、工場にある作業台に近づいていって、工業用のめっちゃくちゃデカいホッチキスを手にとる。そしてシャツをまくりあげる。俺の腹には柳下《やなぎした》副隊長にあけられた穴がある。

「いや、ちょっと、待って――いってぇぇぇぇ！」

大きな傷口を、くそでかホッチキスでとめていく。

「俺にもかっこつけさせて～！」

なんていっているうちに、隊長のひとりがベルトコンベアの上にある聖杯を手に取っているから、俺はダッシュでそっちにいって、傘でそいつの手をぶっ叩《たた》いて聖杯を叩き落とす。で、やっぱ陛下に王冠載せちゃうのがこの場をおさめるのに手っ取り早いよなあ、って思って、傘の先っぽで王冠をひっかけて、ひょいと陛下の頭に向かって投げる。

でも途中でまた別の隊長にキャッチされて、それを陛下がステッキで叩き落とす。

転がる聖杯。

俺がそっちにいこうとすると、局長が俺の前に立ちふさがる。局長はやっぱめっちゃ強くて、一振りされて、俺は傘で受けるんだけど、吹っ飛ばされてしまう。

工場のなかにはいくつものベルトコンベアのラインがあって、鉄クズを真っ赤に燃える溶鉱炉に運んでいる。俺の体はベルトコンベアにしっかりのって、そのまま溶鉱炉のなかに運び込まれていく。その寸前で、俺はなんとか立ちあがって逃げる。

聖杯を誰かが手にして、はたき落として、二転三転、戦いながら追いかける。

人数では不利なんだけど、陛下がめっちゃ強かった。

涼しい顔でステッキ一本、隊長たちをシバきつづける。

「なんでそんな強いんですか～？」

「どうやらひとり、私のことを好きすぎるやつがいるらしい」

陛下は他者から向けられる感情で強くなる。敬意、祝福、そして忠誠。俺は映画館でひとりナイーブになって、陛下恋しいよ〜ってなっていたことを思いだす。

「なんだ顔を赤くして」

陛下はいう。

「かわいいところもあるじゃないか」

俺と陛下は背中合わせになって、ステッキと傘で敵をやっつけていく。

そしてクライマックス、立っているのは俺と陛下、局長と柳下《やなぎした》副隊長の四人になる。

聖杯はまたベルトコンベアの上にのっていて、溶鉱炉にどこどこと運ばれている。

柳下副隊長がベルトコンベアの上を走って、聖杯を目指す。

俺はそこに立ちはだかり、聖杯を背にして、傘を構える。

「聖杯が消失してもいいの？」

柳下副隊長がいう。

「聖杯さえあれば、なにかさえあれば、なんて考え方では、真実にはたどりつきませんよ」

「どきなさい」

柳下副隊長が剣を構えて突っ込んできて、俺は傘で押し返す。

「君じゃ相手にならないよ」

柳下副隊長はいう。

「隊長たちをやったのはあの女で、君は背中を守っていただけ」

その陛下を局長が足止めしている。

「一対一なら、私のほうが圧倒的に強い。それに、なんだか頑丈なようだけど、君が使っているのは傘だ。私の剣は、エルサレムを守った十字軍の兵士の剣よ」

柳下《やなぎした》副隊長が殺気をあらわにする。

「ジャマするなら殺すから」

でも——。

「大丈夫だ」

陛下が局長と戦いながらいう。

「斑目《まだらめ》、お前はイメージで強くなれる。もっと強いイメージを持て。香港《ホンコン》映画じゃない、紳士のイメージだ」

「それは陛下の趣味でしょ〜」

「傘も問題ない。聖遺物としての格は、十字軍の剣よりも上だ」

「そうなんですか？」

「勇気があれば、お前はそれを抜き、使いこなすことができる」

陛下は、ある聖遺物をほったらかしにして、全然管理してなくて、ただの金属の塊にしてしまった。それをラビのテーラーに持ち込んで、傘のシャフトにした。

「その傘のもともとの名前は――」

陛下は金属の塊になる前の、まだ形があったときの、その聖遺物の名前をいった。

「かつて私が王だった時代の剣《エクスカリバー》」

◇

「本当にムカつくよ」

柳下副隊長は目の下を痙攣《けいれん》させながらいう。

「真面目にやらないやつってムカつくんだよ。私は真面目にやってるのに、私は謙虚な態度で生きてるのに、私は頭を下げて苦しい思いをしているのに。聖杯を追ってるなら、私と同じくらい真面目にやって、私と同じくらいプレッシャー感じないとおかしいでしょ。私より余裕があるやつが、私より成功してるなんて許せない」

「俺、柳下さんのそういう正直にいっちゃうところ、けっこう好きですよ」

きっと柳下副隊長と、俺たちとはスタンスがちがうのだ。

でも、スタンスのちがう相手も尊重する。

それが礼節というものだと、今の俺は知っている。だから――。

「正々堂々、決着をつけましょう」

俺は左手を背中の後ろにして、片手で傘を構える。

「なるほど、フェンシングね」

柳下《やなぎした》副隊長も同じように、ポーズをとる。

「君は訓練で私に一度も勝ったことがない」

「今日の俺は一味ちがいますよ」

柳下副隊長が、一歩踏み込んで、剣を突きだしてくる。俺は後ろに引いて胸をそらしながら、さらにその切っ先を傘の先端でそらす。そしてすぐに今度は俺が踏み込んで、傘の先端で柳下副隊長の胸を突こうとする。柳下副隊長はさすがの反射神経で、すぐに後ろに下がる。

流れるベルトコンベアの上で、俺たちは斬り結ぶ。

俺はいざとなったら、紳士的な戦いだってできるのだ。

陛下にわ〜わ〜いわれて、マスク・オブ・ゾロみたいな映画をいっぱい観《み》たのは秘密だ。

柳下副隊長が大振りに頭を狙ってくるから、俺はしゃがんでそれをかわす。そして柳下副隊長の足を払おうと傘を振る。柳下副隊長は跳んでそれをかわす。

とんだりはねたりしているうちに、俺と柳下副隊長の立ち位置が入れ替わる。

聖杯は溶鉱炉にどんどん近づいていっている。

柳下副隊長は自分が聖杯側に立ったことに気づき、それを取りにいこうとする。俺はその足を引っかけて転ばせる。

「トロフィーにはまだ早い」

俺は傘を構えなおして柳下副隊長に時間をつくる。

「さあ、立ってください。俺は背後から撃つような真似《まね》はしません」

「そう、あくまで正々堂々やるっていうのね、いいよ」

柳下副隊長は立ちあがり、速度をあげる。右から左から、剣を繰りだしつづける。

でもそんなに間断なく動きつづけていたら、当然、隙ができる。

かわして、カウンターをとろうとしたときだった。

気づくと、足を踏まれていた。

「君は甘いな」

ステップがとれなくなったところに剣を突きだしてくる。それは傘でなんとか防ぐけど、懐に潜りこまれ、背中にまわしていた手で、思い切り顔面を殴られ、あごに頭突きまでくらう。さらに柳下副隊長の姿が消える。天使の能力だ。

そして――。

「正々堂々？」

背後から、鋭い切っ先とともに、柳下副隊長は姿をあらわした。

「勝った人間だけがみられる風景があるのよ！」

「同感です！」

俺は体をひねり、振り向きざまに、傘の柄を思い切り柳下《やなぎした》副隊長に向かって差しだした。

まず、俺の体から血が噴出する。

胸から腰にかけてばっさりいかれたのだ。

柳下副隊長が勝利の笑みを浮かべる。でも、すぐに自分の胸をみる。

「なに……これ？」

柳下副隊長の胸には、傘の柄から伸びる銀色の刃《やいば》が突き立っていた。

「仕込み刀ですよ。なんか、もう一個プッシュボタンあるな～とは思ってたんです」

放たれた刃は、閃光《せんこう》の速さで、柳下副隊長の胸を貫いたのだった。

「ホント……ムカつく……」

柳下副隊長はその場に崩れ落ちる。

俺も膝をつく。

血がどばどばでて、うえぇぇ～って感じだ。

聖杯はもう溶鉱炉に入る寸前だ。

みれば陛下は局長をシバき終えている。

やっぱ一番いいとこは陛下がもっていくみたいだ。

「陛下！」

「ああ」

陛下が床を蹴って跳ぶ。そして、ベルトコンベアに飛びのり、溶鉱炉に運ばれる寸前のそれを拾いあげた。

「おい！　なにしてる！」

声を上げたのは息も絶え絶えの柳下副隊長だった。

「聖杯、聖杯を！」

王冠の形をとった聖杯は、そのまま溶鉱炉のなかに運ばれ、真っ赤に溶けていく。このままエネルギーとして雲散霧消して、次に形を成すのは、ラビの話によれば千年後だ。

「お前たち、なんてことを……」

がく然とする柳下副隊長。

陛下が拾いあげたのは、聖杯ではなかった。

聖杯と同じように、ベルトコンベアの別のラインに乗って、溶鉱炉に運ばれていたものがあった。陛下はそれを拾いにいったのだ。

陛下が拾ったのは――。

柳下副隊長が用済みとばかりに捨てた――。

クロマリちゃんのぬいぐるみだった。

「私たちは英国屋《えいこくや》だ」

陛下は誇らしげな顔でいう。

「仕事はパーフェクトにな」

俺は陛下に向かって指を二本立てる。

最初から聖杯なんて追ってなかった。

俺たちは、父親を亡くして、それでも元気に振る舞う女の子を笑顔にする。

そういう仕事をしている。

◇

「さて、帰るとするか」

陛下がいう。

「ここからどうやって帰るんですか？」

「電車に決まってるだろ」

「えぇ〜」

俺はぼろぼろの血だらけで、歩くこともままならない。

「仕方がない。運転手がいないんだから」

陛下が近づいてきて、ぼろ雑巾みたいになった俺をみおろす。

「なかなかいいスーツじゃないか」

「俺、どうでした？」

「百点だ」

陛下はしゃがみこんで、俺に顔を近づけてくる。

「ご褒美をやろう」

華《はな》には内緒だぞ。

そういって、陛下は顔を近づけてくる。

これ、絶対あれだ。ご褒美キッスだ。

がんばったから、最後の締めにふんわりキスしてくれるやつ。

でもどうしよう、キスするときって目閉じる？　男は閉じない？　今日ちょっとくちびるがさがさでコンディションわるいかも～なんて思っているうちに、陛下の薄いくちびるが迫ってくる。

俺は腹をくくる。そうだ。キスくらいみんなしてるんだ。中学生でもやってるやつはやってる。俺は高校生だ。キスくらい、冷静に、どんとかまえて受けとめ――。

なんて考えているうちに、ついに、陛下のくちびると俺のくちびるがふれる。

それは正真正銘の俺の初キスなわけだけど――。

陛下のご褒美キッスは――。

頭の奥が痺《しび》れるくらい、めちゃくちゃ気持ちのいい――。

大人なベロチューだった。

「あの、陛下」

「なんだ」

「……もう一回いいですか」

「仕方のないやつだな」

そういいながら、陛下はふらふらの俺を抱き起こしてくれる。陛下の感触は、いかにも美人な女の人って感じで、いい匂いもする。そして珍しく笑っていった。

「私はご褒美いっぱいあげるタイプの陛下だ」

■エピローグ

聖杯が消失したことで、全ての事態は沈静化した。

端的にいうと平和になった。

海外の勢力と通じていた局長以下、その他の隊長たちは全員が拘束された。海外のどの勢力、国と通じていたかは上層部だけが知る情報として処理された。俺も特にきこうとは思わなかった。

陰陽寮《おんみょうりょう》の局長は、若くして白川《しらかわ》隊長が兼務することになった。職員の半分が拘束されたことで、深刻な人手不足になり、毎日忙しいみたいだった。

白川隊長は現代的ないい上司ではないらしく、俺の退職届をみるなり、ポイとゴミ箱に放りこみ、「一緒にがんばっていこうね」と天使のような笑顔でいった。俺は、「たまに手伝うくらいですよ～」という他なかった。

白川隊長が局長を兼務することになって、いいこともあった。

陛下は危険ゼロの不死者と認定され、無罪放免ということになったのだ。

「私のほうが絶対強いからね。へーキへーキ」

白川隊長はそんなことをいっていた。

こうして陛下は不死者リストに登録された。

『英国屋《えいこくや》のエルレイン』

それが陛下の登録名だった。

陛下は大層、ご立腹だった。

「なぜ私が日本の行政機関に登録されなければならないのだ。私は独立国家だぞ。国賓として扱え。あと、私のほうが白川より絶対強い。絶対」

でも、いいこともあった。

接収されていた英国屋の家具やガラクタが全部戻ってきたのだ。

当然、俺たちは英国屋を再開した。

商店街からの依頼は相変わらず盛況だった。お惣菜屋《そうざいや》さんの店番をしたり、河川敷でゲートボールもする。陛下はさすがにチェスの駒で将棋の相手をするのは厳しいと思ったのか、将棋のルールブックを読みはじめた。

楽しい日々が戻ってきたのだ。しかし――。

「斑目《まだらめ》は最後にやらなければいけないことがあるだろ」

陛下がいう。もちろん、俺はわかっていた。

だからある日、学校帰りに、一緒にご飯でも食べにいかないかと、華《はな》ちゃんを誘った。

華ちゃんは、「事前にいってくれてたらもっと、もっと～！」とジタバタしていたが、ちゃんとついてきてくれた。

それで少し電車に乗って、都心にいって食事をした。

帰り際、歩道橋のうえで華《はな》ちゃんが足をとめた。

夜空を背景に輝く都会のビル群と、通りすぎてゆく車のテールランプ。

そのタイミングで、俺はそれをポケットからとりだして、華ちゃんに差しだした。

華ちゃんは一瞬、驚いた顔をしたあと、声をあげた。

「ええ～！」

俺が手に持っているのは、クロマリちゃんのぬいぐるみだった。

「危ないから無理しなくていいっていったのに……」

「でも、お父さんからの贈り物、大切だったんでしょ」

「それで斑目《まだらめ》先輩になにかあったほうが大変ですよ」

華ちゃんは両手でクロマリちゃんを受けとりながらいう。

「お父さんからもらったクロマリちゃんは他にもいっぱいあるから、ひとつくらいなくたってよかったんですよ。なくたって――」

華ちゃんの手が、クロマリちゃんをしっかり持つ。

「強がりじゃないですよ。ホントにいっぱいあるんです。だってお父さん、仕事が忙しくて娘のこと全然わかってなくて、だから小さい頃好きだったクロマリちゃんをプレゼントしとけばいいって感じで、いつも同じで——」

華ちゃんはクロマリちゃんの思い出を語る。

小学生のときのクリスマス、朝起きると枕元に大きなクロマリちゃんのぬいぐるみがあったこと。誕生日にクロマリちゃんのポーチをもらって、今もそれを使っていること。そして、クロマリちゃんをもらって喜んだとき、いつもお父さんも一緒に嬉《うれ》しそうな顔をしていたこと。

「あの人、最後まで私のこと子供だと思ってたんです。ずっと同じなんです。あの人にとって私はずっと子供で、だから、ずっと私のこと愛してくれていて……どんなに仕事が忙しくても、クロマリちゃんだけは忘れなくて、でも、お父さんはもういなくて……」

華ちゃんの声が震えはじめる。

「お父さん病気だったのに、それでも私にクロマリちゃん送ってきて……これはその最後のクロマリちゃんで……お父さんの、最後の……クロ……うぇ、ぇ……」

「俺、あっち向いてるよ」

華ちゃんは俺の背中に顔をおしつけて、しばらく泣いた。

泣きやんだあとは、涙が乾くまで、少し夜のお散歩をした。

「悔しいです」

華ちゃんは口をとがらせていった。

「まんまと父に泣かされました。あの人は絶対、病床でプレゼントを用意しながら、娘はこれで泣くにちがいない、と笑っていたはずです。そういう人なんです」

「お父さん、喜んでると思うよ」

ひとしきり歩いたあと、そろそろ帰ろうかということになり、電車に乗った。

ふたりならんでシートに座っている。

華《はな》ちゃんは泣きつかれたのか、俺の袖を握りしめながら、眠そうな顔をしていた。

規則的な電車の音。

クロマリちゃんは、華ちゃんの手のなかにある。

英国屋《えいこくや》の一つの事件の終わりだった。

「斑目《まだらめ》先輩……」

華ちゃんはうとうとしながら、半分寝言のようにいう。

「ありがとうございます……」

俺は華ちゃんを起こさないように、静かにいう。

「それが私の喜び《マイ・プレジャー》です」

◇

さて、事件は完全無欠、パーフェクトに終幕したわけだが、果たされなかった約束は果たさなければいけない。

つまり今夜は——。

「白川《しらかわ》、お前あれだぞ、服のセンスよくないぞ」

「エリちゃんのほうがぁ、よくないと思いまぁす!」

飲み会だった。

陛下はどんな相手でも約束は守る。だからあの、一度やろうとしてできなかった飲み会をすることになったのだ。さすがに柳下《やなぎした》副隊長は参加できないから三人だ。

そして三人でバーに入り、テーブル席に座ったあと、陛下と白川隊長はどちらが酒に強いかを競いはじめた。

「私は酒程度で酔ったりはしない」

「私も頭いいから平気だな。ずのうめーせき」

そういって、ふたりはバチバチと視線を交わし、ぱかぱかと飲みはじめた。たしかにふたりとも強かったが、なにせ水のような勢いで飲むものだから、さすがにというか、当然のように酔っぱらった。

「しりゃかわ、かおがあかいぞ」

「りゃくしょ～」

バーテンダーさんが強そうなお酒の瓶をテーブルの上に置いていったから、俺はふたりのショットグラスに注ぎつづけた。

ふたりは服のことでもケンカをはじめたのだ。

「白いコートとか、それ、あれだぞ、地雷みたいな女がだいたい着るやつだじょ」

「ほあぁ～？　黒のごしゅろりのほうが地雷女なんですけど～⁉」

「くりょはいいだろ、くりょは。くりょまりちゃん、かわいいだろ」

「主役はゆりゅまりちゃんでしゅ～！」

それからもふたりは酒を飲みつづけ、わいわいぎゃ～ぎゃ～とキャットファイトを繰り広げた。

「おい斑目《まだらめ》、こいちゅ、ヤバイ女だぞ」

「まだりゃめくん、こんな女についていっちゃだめだよ」

そしてあげく、ふたりそろってテーブルに突っ伏した。

「え、ちょ、えぇ～⁉」

俺はふたりの肩をゆする。でも、陛下も白川《しらかわ》隊長も起きる気配はない。

「もしかして、俺が担いで帰らなきゃいけないの～？」

俺は途方に暮れて、テーブルに肘をついて脱力する。

「とりあえず、もうちょっとだけ待つか……」

俺はジュースを飲みながら、ふたりが復活するのを待つ。

そして、陛下が聖杯に見向きもしなかったことを思いだす。

俺はすやすや寝息を立てている陛下に語りかける。

「きっと、陛下はもう寂しくないんですね」

陛下が白川隊長と一緒に突っ伏しているテーブルも、円卓だった。

◇

結局、朝になったところで、三人でバーをでた。

朝焼けをみながら、海沿いの道を歩く。

陛下と白川隊長はペットボトルの水を片手に持ち、しんどそうな顔をしている。

早朝の澄んだ空気のなか、二匹の二日酔いと、それを世話する俺。

こういう感じでいくんだろうな～。

と思いながら歩いていると、白川隊長がふと空をみあげていう。

「聖杯、あると嬉《うれ》しかったたな」

「千年王国ですか？」

「それもあるけど、どっちかというと、これ、これ」

白川《しらかわ》隊長が空を指さす。

「？」

俺は首をかしげる。

「斑目《まだらめ》くん、もしかしてみえてないの？」

白川隊長がいったところで、陛下がいう。

「斑目はみえてないぞ」

「そっか、じゃあ私が――」

白川隊長が俺の目元に向かって手の平を近づけてくる。でも陛下がその手を、ぺちんと叩《たた》く。

「私の臣下にちょっかいだすな」

「斑目くんは私の部下なんですけど～！」

ふたりがわちゃわちゃと小競りあいをはじめる。その争いは俺のほうにもとんでくる。

「おい、斑目、いってやれ。興味ない、っていってやれ」

「斑目くんは私のほうがいいよね～！」

すげえモテてる感じがして、俺は、これはこれでオッケー！　て気分だ。

ずっと俺を取りあっててほしい。

でも——。

「空がどうかしたんですか？　すっげえ気になるんですけど！」

「ああ、その話だったね」

白川隊長は陛下のほっぺを引っ張っていたけど、その手を離し、少し真剣な表情でいう。

「聖杯があればね、なんとかできるんじゃないか、って思ってたんだ」

「なんとかできる？」

俺がきくと、白川隊長はいった。

聖杯を使って、白川隊長がなんとかしたかったもの。それは——。

「黙示録戦争」

白川隊長が口にした瞬間だった。

俺はたしかに早朝の澄んだ青空をみあげていた。でも——。

それが一瞬で反転した。

空が暗く、重くなったのだ。夜になったというわけではない。空が、視界いっぱい、埋め尽くされていたのだ。なにに埋め尽くされているかというと——。

それは——無数のミサイルだった。

今にも地上に降りそそぎそうな位置で、空中に静止している。

こんなのが全部落ちてきたら、きっと、建物も、人も、なにもかもがなくなってしまう。

「これが世界の真実だよ」

白川《しらかわ》隊長はいう。

「私たちの世界はね、ホントはもう終わってるんだ。それを、ほんの少しだけ先延ばしにしている。それが真実なんだよ」

白川隊長は、この状況をなんとかしようと、その方法をずっと探していたらしい。

ヨハネ黙示録で予言された、善と悪がぶつかる、最終戦争。

「陛下は知っていたんですか?」

「ああ」

陛下はこともなげにいう。

「だったら、やっぱ陛下の聖杯は必要だったんじゃないですか?」

「そういう考え方もできるな」

「ずいぶん、のんびりしてますね」

「いつかはなんとかしようと思っていた。私の国土と国民が傷ついては困るからな」

「………………」

「しかし私にはあんま力がない。あの聖杯が形を成すのは千年後だろうし」

そこで陛下は、しれっとした顔で俺をみる。

「俺、陛下とずっと一緒にいるからわかりますよ。でも、それはちょ~っと無謀じゃないですかね。俺がいくらがんばったところで、スケールが——」

「斑目《まだらめ》、お前が黙示録戦争を終わらせろ」

陛下は例のごとく、ぐぐっ、と力をこめた声でいう。

「堕天使陛下の名の下に」

転校生
次巻予告
さらに加速する
『英国屋』の戦い!
今度の戦場は学校だ!

堕天使陛下の仰せのままに

第2巻 2025年2月25日発売予定！

※2024年11月時点での情報です。

あとがき

堕天使陛下、いかかでしたでしょうか。

書いていて、斑目《まだらめ》と陛下は任侠だな、と思いました。弱きを助け、『粋』であることに命をかける江戸時代の博徒たちです。権力におもねるような『無粋』なことはしない。陛下は完全に任侠でした。自分の力になる聖杯は最初からいらなくて、ただお父さんを亡くした女の子のことだけを考えている。なかなか粋じゃあございやせんか〜。

そしてそれに感化される斑目。

単館映画館のシーンはとても好きなシーンです。かっこいい、頭いい、オシャレ、とても気持ちのいい言葉。でも、本当にいわれて嬉《うれ》しい言葉は、ありがとう。

SNSなんかの影響で承認欲求に惑わされがちですが、本当はみんな、心の底ではそういう気持ちでいるんじゃないかな、と斑目を描写しながら思いました。

小説も同じかもしれません。

作者は天才、尖《とが》ってる、すごい。そんな、自分が主語になるような言葉はいらなくて、ただ、読者の方がいうシンプルなひとこと、『面白い』。それだけでいいと思っている作家も、もしかしたらこの世界のどこかにはいるのかもしれません。ちなみに私は天才といわれることは歓迎です。どうぞいってください。ありがとうございます。

さて、それでは謝辞です。

担当編集氏、ＭＦ文庫Ｊの皆さま、誠にありがとうございます。

読者の皆さまには伝わりづらいことかもしれませんが、定型的なジャンルにハマらず、流行でもない系統の作品をプッシュするのはとても勇気がいることなんです。

簡単にいうと、私には二番目彼女というヒット作品があるので、似たようなものを書いて、それを宣伝したほうが部数はでるし、私の懐もあったまるわけです。でも――。

そいつぁ、あまりに無粋というものじゃあございやせんか。というわけです。

粋な編集氏とＭＦ文庫Ｊに感謝しております。

つづいて、らう先生、素敵なイラストをありがとうございます。らう先生のセンスで、かわいらしく小粋なキャラクターたちが誕生しました。今後もよろしくお願いいたします。

コメントを寄せていただいたリゼ・ヘルエスタ皇女殿下にも感謝しております。アメリカ大統領選では、リゼ様の名前を書いて投票しておきます。

また、校閲様、デザイナー様、書店員の皆さま、本書に関わる全ての皆さまに感謝いたします。そして最後に読者の皆さま、お読みいただき、誠にありがとうございます。

読んだ人を元気にするようなパワーとガッツのある物語を書きたいと思っていました。

皆さまが少しでも元気になっていただけたなら幸いです。

了

MF文庫J

堕天使陛下の仰せのままに
え？俺が黙示録戦争を終わらせるんですか？

2024年11月25日　初版発行

著者　西条陽

発行者　山下直久

発行　株式会社KADOKAWA
〒102-8177 東京都千代田区富士見2-13-3
0570-002-301（ナビダイヤル）

印刷　株式会社広済堂ネクスト

製本　株式会社広済堂ネクスト

Printed in Japan　ISBN 978-4-04-684270-1 C0193

◇◇◇

【 ファンレター、作品のご感想をお待ちしています 】
〒102-0071 東京都千代田区富士見2-13-12
株式会社KADOKAWA　MF文庫J編集部気付「西条陽先生」係　「らう先生」係

堕天使陛下の
仰せのままに
西条陽 ILLUST. らう

「陛下、朝ですよ。起きてください」

「不敬だからな、そういうの。
とっても不敬だからな！」
エリ
Ellie

「じゃ、じゃあ今日、ここで一緒に……
デー……遊んだ……
記念になるものが……いいです……」

天見 華
Hana Amami

「中務省陰陽寮所属強行一課、
一番隊隊長、白川京子です」

「ここからは、ちょっと大人なことしよっか」
白川 京子
Kyoko Shirakawa

Contents

DATENSHI
HEIKA NO
OOSENO
MAMANI